suhrkamp taschenbuch 1685

Der *Spiegeltag* ist die Geschichte eines fünfundzwanzigjährigen Namenlosen, der die Mansarde eines Waisenhauses in einer französischen Provinzstadt, unweit von Paris, bewohnt, und erzählt wird eben von der Namenlosigkeit dieses Menschen. Das erste Jahrzehnt seines Lebens hat er als das Kind, wie es scheint, angesehener, gutbürgerlicher Eltern in einer dorfähnlichen Kleinstadt der norddeutschen Ebenen verbracht. Diese Kindheit in der Villa mit Garten endet fast über Nacht: es ist das Jahr 1938, die Eltern sind auf einmal Juden, und sie schicken ihr Kind mit dem Zug nach Italien – Bestimmungsort Florenz –, um es zu retten. Florenz ist nur eine kurze Station; der bessere Unterschlupf für den Bedrohten ist ein kleines Internat in den Bergen des französischen Savoyen, wo der Heranwachsende während des Krieges versteckt bleibt. Immer wieder kommen die deutschen Besatzer in das abgelegene Haus, auf der Suche nach ihm. Diese Stunden, die er, gewarnt, allein im Wald abwartet, sind vielleicht die bestimmenden seines Lebens.

Peter Handke

Georges-Arthur Goldschmidt, 1928 bei Hamburg geboren, lebt heute in Paris als Übersetzer und Autor.

Georges-Arthur Goldschmidt
Der Spiegeltag

Roman

Deutsch
von Peter Handke

Suhrkamp

Titel der Originalausgabe: *Le miroir quotidien*
Umschlagfoto: Ernst Wrba

suhrkamp taschenbuch 1685
Erste Auflage 1989

Druck: Nomos Verlagsgesellschaft, Baden-Baden
Printed in Germany
Umschlag nach Entwürfen von
Willy Fleckhaus und Rolf Staudt

1 2 3 4 5 6 – 94 93 92 91 90 89

Die Wangen des Knaben verkrampften sich, und sein ganzer Körper erzitterte vor Scham, während er irgend etwas vor sich hinmurmelte, dabei kaum die trockenen und aufgesprungenen Lippen bewegend, und ein bleiches und heißes Gesicht zu Boden gesenkt hielt.

A. C. Swinburne, *Lesbia Brandon*

... Sooft man in meiner Gegenwart gewisse Wörter ausspricht, nimmt mein Körperumfang derart zu, daß die Kleidungsstücke an mir auf der Stelle lächerlich werden.

Marcel Béalu, *Journal eines Toten*

für Philippe Collin,
jenen anderen »Prügelknaben«

I

Beim Aufwachen erblickte er das Ölfarbengelb, hier im fremden Land »Neapolitanisches Gelb« genannt, blasig, abgeblättert; über ihm der Mansardenplafond, die Malschicht von Rissen durchzogen und in gleichmäßige Flächen geteilt, so wie sie bei getrocknetem Schlamm sichtbar werden, wenn der Wind die Schilfrohre auseinandertreibt. Oben die samtigen Schöpfe schwanken stark, doch die Finger, die da hineingreifen, bekommen erstaunlich wenig zu fassen. Wie in Wälder versinkt der Blick, und als der Wind jäh auf das Schilf drückt, enthüllen sich Landschaften: langgezogene Striche eines kräftigen Grüns, das man, die Hand vor den Augen, mit einem Schlag wieder verschwinden lassen kann. Sowie man den Blick neu darauf einstellt, zeigen sich an den glänzenden Schlammplättchen, gleichsam als Fossile, die Spuren der Regenfälle, der Austrocknung durch die Luftströme, des Zitterns im Wasser, und lange senkrechte Risse öffnen sich im Boden. Jenseits der Schilfrohre das Heranbrausen – so weiträumig! – des Meeres.

Wie jedesmal beim Erwachen überwältigte ihn die Angst und schnürte ihm oben den Bauch zu: ein Punktdruck, mächtig, ohne Leben. Diese

Angst war immergleich, beständig, unerträglich. Man würde ihn ausforschen, ihn bestrafen: zu viele kleine Vorkommnisse hatte es gegeben, eingespielte Gesten, durch Abweichung von einer anderen Geste. Überall wäre er auffällig, Erbse aus dem Märchen, von der Prinzessin bemerkt trotz aller übereinandergeschichteten Matratzen.
Jede Verräterei war möglich. Beängstigung des Königs in seinem Palast: von Salon zu Salon die Flügeltüren mit den rundköpfigen Griffen, bewacht von den Bediensteten in goldstrotzenden Uniformen und Zopfperücken. Die Türen schützen ihn wie die Seiten eines Buchs, zahllos, deren eine auf die andere folgt, und doch dringt in dem Wind, der die kahlen Bäume beugt, und unter dem dahinjagenden Mond die sture Meute ein in die entfernten Höfe, und der Tod kommt heran. Wie wünscht der König, näher an der Wand zu sein, aber seine Angst füllt ihn aus als schwerer Turm; niemand würde ihm zur Flucht verhelfen. Der Wind bewegt ferne Wälder, silbrige Gräser, hochgehende Flüsse, und inmitten der seltsam düsteren Klarheit der Nacht leuchtet gelb das Licht eines ruhigen Hauses, vorausgeahnt vielleicht in der Kindheit. All die verfehlten Dinge, jene Blicke, jene Gesten, die man vorbeigehen ließ, ohne ihrer habhaft zu werden. Jenes immer mögliche Leben, mit dem Zugang abseits vom gelebten Leben.

Beim Erwachen erinnerte er sich der Kindheit in Deutschland: der unbestimmten Angst, der Entdeckung seiner Herkunft. Sooft er das Eßzimmer betrat, verstummten die Eltern bei den immergleichen Wörtern: »Hitler«, »Juden«, »Kinder«. Eine unklare Beklemmung hatte ihn ergriffen. In der Sonntagsschule betrachtete ihn der Pastor bisweilen mit einem Blick, der ihn unter den anderen heraushob. Aber war er denn nicht auch Christ, liebte er Christus denn nicht begeistert? Was wurde ihm da angedeutet?

Nach und nach begriff er, was er schon immer gewußt hatte: er mußte weg von zu Hause, er war ein Kind, schuldig seiner Herkunft: all seine Vorfahren waren Juden: er selber war ein Jude. Von jetzt an würde er nie mehr von sich lassen; nichts könnte in ihm dieses Geheimnis zerstören.

An einem Maitag des Jahres 1938 hatten ihn die Eltern in den Zug gesetzt. Wenn die Erinnerung an den Hamburger Hauptbahnhof kam, mußte er im Gedächtnis gleichsam die Augen schließen. Man schickte ihn nach Florenz, wovon man ihm vor der Abreise Bilder gezeigt hatte. Unvorstellbar, daß es solche Türme und solche Kuppeln gab. Vor dem gewaltigen Rot und Weiß von Santa Maria del Fiore vergaß er, daß er seine Eltern verlassen hatte. Dabei wußte er wohl, daß es für immer war. Manchmal, beim Laufen über den Ponte della Trinità, gab es ein Wiedersehen mit ihnen: Seite an Seite standen sie auf dem Bahnsteig, während der Zug wegrollte; ein Schluchzen.

Bei der einzeln mitten im Flachland stehenden Eiche hatte der Vater, nur ein paar Monate vor der Abreise für immer, eines Tages den Sohn bei der Hand ergriffen, und des Vaters Hand hatte sich dabei ungeschickt verhalten, im ersten Moment gleichsam verwirrt und unbehaglich wegen jener so unerwartet kurzen Sohnesfinger. In den Ästen der Eiche rauschte es vom Wind, der über die lautlosen Dörfer strich. Als er sich auf dem mondhellen Weg umdrehte, hatte er noch einmal den gebeugten Baum gesehen.

1939 in Florenz wurde er von neuem in den Zug gesetzt; die Grenzen wurden allmählich geschlossen. Den Namen des Bahnhofes, wo er aussteigen sollte, hatte er sich eingeprägt: CHAMBÉRY. Während der ganzen Fahrt hörte das Klopfen der Angst in ihm nicht auf; aber die italienischen Grenzer ließen ihn passieren. Von weitem, als Barriere vor dem Horizont, erschien die mächtige Kette der Alpen. Er wurde abgeholt. Passagier eines aufklappbaren Delahaye, kam er an im tiefen Schnee, mitten in einer anderen Jahreszeit. In dem Kinderheim, wo er von nun an verköstigt wurde, sprach er ganze Monate deutsch nur noch mit sich selber. Französisch begriff er erst nach und nach.

Immer dieselben Bilder kehrten wieder, jetzt, hier, in der Mansarde am Rande der Stadt in der französischen Provinz, fünfzehn Jahre danach. Übergangslos griffen sie in ihn ein; und sie handelten immer wieder von dem Oktobertag im Jahr 1943. Tagelang, unter heftigen Regenfällen, stieg der Nebel, stechend, endlos, vom Boden auf. In dem rotbraunen Tannenwald, wo es hier und da auf den Stümpfen noch trockene Stellen gab, hielt er sich auf, die Nacktheit unter den feuchten Kleidern ein klebriges Gefühl. Die Angst stak in ihm: ein dicker harter Schaft, zugleich eine Leerstelle. Die Deutschen waren gekommen, auf der Suche nach ihm, und er war ihnen sogar begegnet; die ganze Breite des Weges nahmen sie ein. Sie traten zur Seite, um ihn vorbeizulassen, ihn, ein Kind! Sie erkannten ihn nicht.
Er war in den Tannenwald geflüchtet, der auf den Flanken des Mont d'Arbois wuchs. In dem Hohlweg, der von Wasser glitzerte, sah er den Sommer wieder; Landschaften zeigten sich, in jähen Rucken. Sie wurden nicht faßbar als Erinnerungen; schwanden gleich wieder. Als es Abend wurde, kam unten am Hang, unter dem grauen gleichmäßigen Regen, einer seiner Kame-

raden daher, um ihn heimzuholen. Die Gefahr war vorüber; die Deutschen waren umgekehrt, ihr Auto war noch lange im Tal zu hören gewesen. Er sah den anderen zunächst, ohne ihn zu erkennen, etwas Zusammengekrümmtes, einen Körper, Kleidungsstücke – und dieses Zeitbruchstück, ohne Dauer, zwischen dem Augenblick, da er gesehen hatte, und jenem, da er GESEHEN hatte, entsetzte ihn beinah noch mehr als all das Vorangegangene: kaum angerissener Moment einer ganz kurzen *Abwesenheit*, welcher jeder Wahrnehmung vorausging, wie das Blitzlicht der Photographie. Später am Abend im Kinderheim hatte eine Aufseherin ihn nackt ausgezogen und mit großen Badetüchern abfrottiert. Fünfzehn Jahre war er da alt gewesen, und er hatte sich gekrümmt vor Scham.

Der sich wiederholende Nachtwind, der über die Stadt hin die Gerüche des Meeres trug, Hundegebell aus irgendeiner stillen Straße. Manchmal, bei Mond, brachte ein Sturm Wellen hervor, welche die Häuser auf den Kindheitsinseln überrannten und in einem einzigen Anprall Dutzende von Familien mitrissen, auch das Vieh und die Möbel, die man erst viel später, kreuz und quer, an den Küsten Dänemarks wiederfand: oftgehörte Erzählungen, beim Gesause der Birken. Nur vom Speicher aus, wohin er mit seinem Vater stieg, für

einen Blickpunkt ganz oben, sah er die Baumwipfel, welche die Straße säumten. Unter dem gleichen Licht liefen dann die schwarzen Wellen. Momentweise bildeten sich Wassertäler und -kuppen in ihnen, und andere, entferntere Wellen erhoben sich schon, berggleich, am Horizont. Auf dem Festland standen zugleich die friedlichen, ahnungslosen Dörfer im Mondlicht.
Der Wind warf ein Schild um; im zitternden Laternenlicht krachte eine Planke zusammen. Fußgänger, die ihre Hüte festhielten, gingen eilig vorüber, auf dem kürzesten Weg zu einer Unterkunft. Und die Fragilität all der Unterkünfte! Gebrechliches Dach, bedrohliches Draußen. An den Wintermorgen das Eis in unzähligen Sternen an den kalkigen Wänden. Aus dem klumpig zerbröckelten Schnee standen schwarz die Bäume, und die düsteren Häuser erschienen feucht und unbewohnbar.
Zwei Jahre nach dem Krieg kam er, fast erwachsen, dank einer Gönnerin in ein Waisenhaus der weiteren Weltstadt-Banlieue. Hier »gedieh« er nach dem Muster der anderen, sämtlich jüngeren Waisen. Zunächst hatte man ihn in einem Winkel des Schlafsaals untergebracht, wo er von den anderen durch eine Sperrholzwand getrennt war. Hatte man dort sein Geschnaufe gehört? Jedenfalls teilte man ihm dann eine Kammer unter dem Dachstuhl zu, als Studierplatz.

Wer aus seinem engeren Familienkreis überlebt hatte, der blieb in der Folge in Deutschland; die Heirat hatte ein paar von ihnen gerettet, sie waren von den neuen Namen geschützt worden. Angezogen von seinen Erinnerungen, ging er, etwa zehn Jahre später, diesen nach, um sie an Ort und Stelle, bei den »Seinen«, zu bestätigen und zu wiederholen. Alles war da in ihm zunichte geworden: es gibt Reisen, die man besser nicht unternimmt, eine Heimkehr, die nur ein Als-ob sein kann. Die »Seinen«, gar froh, ihn billig losgeworden zu sein – Deutschland ging wieder ans Geldverdienen –, hatten ihn auf die Dauer der »Festtage« eingeladen, in der Hoffnung, es würden ohnedies die Gönner die Fahrkarte bezahlen.

Dann die paradoxe Heimkehr aus dem besiegten Deutschland! Die Kalksteinbauten der Vorstädte erschienen schmächtig, geschrumpft unter dem Frost. Die Gare de l'Est stand ausdruckslos auf ihren Säulen, die hellgrün gestrichen waren wie das Innere der Dritte-Klasse-Waggons, mit den niedrigen Quais. Danach die menschenleere Gare du Nord, fast ohne Züge, wie hergerichtet für die Abfahrt von Militärkonvois; darüber das zweifach geschrägte Muldendach. Ein wenig später fuhr er an den dürftigen Vorstadt-Pavillons vorbei, die voneinander abgegrenzt waren durch

kleinziegelige Mäuerchen. Eine dünne Schneeschicht bedeckte die Überbleibsel des Sommers: die Gartenstühle, die Gemüsezeilen, all die Dinge, deren Platz nicht mehr im Freien zu sein schien; die zementierten Höfe. Überall wirkte die ärmliche Kälte des Nachkriegs hinein. Eine Geborgenheit gab es nur in der Nähe der Öfen und ihrer stumpfen, gleichförmigen Platten, wo die Metallkreise konzentrisch aufeinanderfolgten.
Manchmal zeigten sich durch die Fenster des Vorortzugs Leute, wie sie die kleinen Treppen der Pavillons hinanstiegen; über der Tür immer wieder das gleiche giebelige Glasdach. Sie schleppten schwärzliche Kohleeimer, die oben schmäler waren als unten. Fast hörte man auch, wie die Kohle, schwaches Geräusch, in das rotglühende Feuerloch rutschte, und sah dabei die vom Gebrauch schon glänzenden Streifen neuen Metalls am Schnabel des Kohlenkübels.
Nur obenhin geschahen freilich solche Wahrnehmungen; die Bedrückung wurde er nicht los. Er war dabei, in das unermeßliche leere Waisenhaus zurückzukehren, wo die Glühbirnen nackt vom Plafond hingen und den weiter weg dann im Halbschatten verschwindenden Fußboden anleuchteten, der eingelassen war mit einer Nußtinktur. Die hier und da in dem großen Waggon sitzenden Passagiere – Schiff auf Fahrt, durchflu-

tet von grauer Klarheit – trugen sämtlich in sich einen möglichen Ort: ein Eßzimmer mit der Glaswand aus kleinen Karos, hin zum Wohnraum, eine enge Küche, wo die Farben an den Rändern des Wachstuchs am Verblassen waren. Oder unter den Bäumen, die am Ende eines dunklen Pfads zusammenlaufen, der Flügel eines Schlosses: Zweige, die gegen die Fensterkaros schlagen, ohne Macht, schwächlich. Das Entsetzen: kein Gesicht kann es verheimlichen. Welche Orte, für immer dahin? Welche aufblitzenden Straßen, welche Passagen?

An dem blank gescheuerten Holztisch liest der alte Bedienstete die Zeitung, in der solide gemauerten Küche; hinter ihm das Sausen des Herdes mit der Kupferstange. Und was war mit ihm? Hinter sich ließ er das Deutschland von 1949: schon wieder üppig, wohleingerichtet, geschützt vor der Kälte: dicke Vorhänge, Velours, Teppiche, ausgeklopft zwischen den Ruinen – während er hier nackten Fenstern entgegenrollte, Mauern mit Ölanstrich, wo der Finger im Feuchtigkeitsflaum eine glatte, glänzende, regelmäßige Spur zog.

Und doch gab es irgendwo in der klaren Nacht eine Dorfschule, die vielleicht ein Obdach wäre. In der ersten Etage würde das Fenster der Küche leuchten, und in der Nähe des Ofens, wiedereingefügt die gußeisernen Ringe, wären Sicherheit und Friede. Er hatte sich nicht getraut, in Paris zu leben. So hatte man ihn, der noch immer studierte, außerhalb untergebracht. Dabei war ihm die Stadt doch eine Art Unterstand. Eines Tages hatte er sich ins XVII. Arrondissement verirrt. Um die Place des Ternes herum schienen die Straßen schon aus der Stadt hinaus fernen Horizonten entgegenzuführen. Die niedrigstehende Sonne beleuchtete die rue Poncelet, die, helle Fahrrinne, eine leichte Kurve beschrieb; eins nach dem andern die Fenster, geräuschlos, ohne Bewegung, in den gelben und weißen Fassaden; Schiffsflanken. Auf dem Trottoir die Marktstände und die kompakte, drängelnde Menge; das Geschrei der Kaufleute; die unübersehbare Folge der Planen. Trotz des Lärms herrschte eine tiefe, weitschwingende Stille, unter dem tiefen Indigoblau des Gewitterhimmels.

Er ging an einem kleinen Bouquinistenladen vorbei, der von Glühlampen erhellt war. (Alle anderen hatten Neonlicht.) Es war, als sei davor die Mauer weggefallen, und man betrachte das Innere einer Wohnung, auf offener Straße. Für drei Francs kaufte er, ohne recht zu wissen warum, ein Dutzend Hefte der *Monde illustré* von 1857. Ein Stich hatte ihn fasziniert, auf den er beim Blättern gestoßen war: ein über Paris hereinbrechendes Gewitter. Die Stadt befand sich rechts; eine weiche Linie heller Häuser, vom

Pantheon überragt. Ringsum, von oben gesehen, ein Baumgewoge, Wipfel um Wipfel, und in der Mitte ein leerer Platz; ganz im Hintergrund bezeichneten die Bäume den Verlauf einer Avenue. Darüber erstreckte sich ein derart dunkler Himmel, daß man mit der Hand durch ihn durch wollte. Den Text zu dem Stich hatte er sich abgeschrieben: »Der Juni in diesem Jahr ist auffällig durch seine Gewitter. Diese meteorologischen Vorkommnisse konzentrieren sich auf Westeuropa, vor allem auf Frankreich, Belgien und England. Eins der heftigsten Gewitter war jenes, das am Samstag, dem 20. Juni, um neun Uhr am Abend, über Paris losbrach. Die Atmosphäre war schon den ganzen Tag ungeheuer schwül gewesen; kein Lufthauch, nicht einmal an den Quais. Um sechs Uhr am Abend verdichteten sich die Dünste, die bereits am Horizont im Südwesten lagerten, zu finsteren Wolken, aus denen gegen halb acht Uhr die ersten Blitze leuchteten; die Wolken stiegen dann rasch empor, der Donner wurde hörbar, ein frischer Wind erhob sich zum Himmel, aus dem fast zugleich in dicken Tropfen der Regen fiel; einen Augenblick später brach das Gewitter los, mit aller Gewalt. Der Anblick, den Paris, betrachtet von den Terrassen der rue de l'Ouest, dabei bot, war so eindrucksvoll wie fürchterlich. Der Regen stürzte nur so herab, in völliger Finsternis. Langgestreckte, schweflige Blitze, die unaufhörlich die Wolken durchzuckten, bestrahlten die Türme, die Kuppeln, alles, was aus der Stadt herausragte, in einer sehr befremdlichen Weise, und Paris erschien nur darum so jäh überstrahlt von jenen phantastischen Klarheiten, um danach in Finsternis zurückzuversinken.«

Am Abend kam er an; strich wieder an den Mauern vorbei. Mit mehr als zwanzig Jahren ein »Waisenkind« zu sein! Wenn er vom anderen Ende der Straße jemanden entgegenkommen sah, bog er ab. Schnell ging er von Vorstadthäuschen zu Vorstadthäuschen, in der Hoffnung, ungesehen zu bleiben. Der Weg im Grünen, den er nahm, zwischen dem Bahndamm und den Hinterhöfen, führte dann in einem rechten Winkel unter zwei aufeinanderfolgenden Eisenbahnbrücken durch. Eine Unterführung schloß sich an die andere an, getrennt nur durch einen Zwischenraum aus einer Art Bohlenzaun: zwei lange dunkle Schläuche, die Wölbungen blinkend vor Feuchtigkeit. Es war da schon zu Vergewaltigungen gekommen. Eine Beleuchtung gab es nur an den beiden Zugängen. Hier hatte man einen Vagabunden festgenommen, dem er schon öfters begegnet war: ein junges Mädchen hatte ihn wiedererkannt. Bei Einbruch der Nacht beschleunigte er hier den Schritt. Jener Vagabund,

der in einer Hütte am Bahndamm gehaust hatte, wollte ihm nicht aus dem Sinn: seine blaue Hose wurde gehalten von einem durch die Gürtelschlaufen gezogenen Strick und bauschte sich oben. Mit eigenen Augen hatte er einen Menschen gesehen, der nun im Gefängnis war, ein ganz üblicher Körper, jetzt irgendwo in einer Zelle.
Ein anderes, vergessenes Bild kehrte jäh wieder: in der Kindheit, eines Morgens, hatte er auf einem zur Lichtung des Buchenwalds hinführenden Erdpfad, der sich auf einmal aufbog und im Wind vertikal dastand, Schreien und Reden gehört. Viele Stimmen durcheinander, schrill; Verständigungsrufen; knackende Äste. Eine Gruppe von Männern und Frauen kam zwischen den Bäumen hervor, auffällig als Angezogene, in Kleidern, Schürzen oder Jacken, mit den ins Auge springenden Knöpfen: denn zwischen ihnen ging ein junger Mensch mit nacktem Oberkörper, die Hände am Rücken gefesselt. Man stieß ihn, und er stolperte. Seine Hose war zerrissen.
Als sie näherkamen, versteckte sich das Kind hinter einem Baum, schnaufend, fasziniert. Der junge Mann hielt den Kopf gesenkt, so daß man die Zartheit seiner Haut und die Rundung seiner Arme sah. Ab und zu schlug ihn einer aus der Gruppe mit einem Zweig, an dem noch die Blätter waren, und der Gefangene krümmte sich

und bog sich zur Seite, wobei er dann starr geradeaus blickte – während er litt und sich ängstigte, sah er die Landschaft.
Das Kind verließ erst viel später sein Versteck. Er ging auf dem Pfad genau zu der Stelle, wo der junge Mensch geradeaus geschaut hatte; so hatte er dieselbe Landschaft im Blick wie der andere. Der Pfad führte unter den Kronen der Bäume durch, die am Eingang des Dorfs zwischen zwei Gemüsegärten standen. Seltsamer Schauder: die Landschaft war überlagert von dem nackten Oberkörper des jungen Menschen und von dem Geräusch der schlagenden Zweige.
Einige Zeit danach hörte er die ganze Nachbarschaft von dem Leichnam eines Mannes reden, den man am Fuß des großen Schobers gefunden hätte, unten an der Glinder Straße. Den ganzen Tag lang hütete er vor den Eltern dieses Geheimnis, und er genierte sich für sie, daß sie es nicht errieten. Gegen Abend nahm er sein Rad. Um es besteigen zu können, mußte er es an die Hecke lehnen: das Metallding gegen die winzigen Zweige, die aus dem Leeren ragten und Arme und Beine zerkratzten. Und dazu kam die Angst, die Hecke würde sich um ihn schließen, ihn mit ihren Dornen aufschlitzen, ihn nicht mehr freigeben. Er nahm zuerst die Straße durch Prahlsdorf, die beiderseits gesäumt war von niedrigen Häusern mit Vorgärten. Wo eine Tür offenstand, sah

man die Dunkelheit im Innern. Dann ging es eine weitausschwingende Neigung hinab, bewachsen mit sich wellendem Getreide. Eine Krümmung durchzog die Getreidefläche, als sei diese ein Körper. Man schwankte da, geriet aus dem Gleichgewicht.
Der Schober befand sich fast schon am Ende der Straße. Rund, hoch, dichtgefügt: ein phantastisches Bild der Geduld. Seine Bedachung und sein Inhalt gehörten zusammen. Die langen, geraden Strohborsten, zwischen denen der Arm eindringt, worauf die Hand dann weitergleitet und sich durch die Halme einen Weg bahnt, bis in die schwarzen, immergleichen Tiefen. Die sich hineinwühlende Hand, zum tonlosen Geräusch des die Schulter streifenden Strohs, stößt jäh auf etwas Hartes. Die Hand hält inne, die Finger suchen einander: ist noch Platz, sich zusammenzuschließen, zurückzufinden? Die Hand hat Angst, auch Hände ängstigen sich. Sterben in der Tiefe eines Strohschobers? Schnell zurück zum kalten, kompakten Metall.
Die Strohmasse von gerade zeigte sich nun als ein rundes Mauerwerk mit winzigen Löchern – die enggefügten hohlen Halme –, und die Spitze des Schobers zog dahin unter den schnellen weißen Wolken. Das Kind hatte das Fahrrad auf das Stoppelfeld gelegt, die Reifen waren von den kurzen Halmen abgeprallt. Die blinkende Lenk-

stange mit den beiden Griffen war, wie sie so dalag, nicht in derselben Weise ein DING DER AUSSENWELT wie der Strohschober. (Eigenartig auch, auf den Stoppeln zu gehen: ein Moment des Schwankens, bevor man den Boden berührte; die harten, kurzen Halme schrammten die Haut über den Knöcheln.)

Der Abend kam; ein stummer Sommerabend, der sich herabsenkte auf den staubigen, zerstampften, ocker- oder crèmefarbenen Boden. Überall lag Stroh, zersplissen, breitgedrückt, in die Schollen getreten, gleichsam in diese eingegossen; hier und da bildete es eine lockere Schicht wie aus Insektenflügeln. Und bestimmend unter all dem war das graue, zementene Erdreich, überzogen mit jenem feinen sandigen Flaum, in dem das Blut sofort zu kleinen Kugeln gerinnt. Ein Ort des Leides, welcher sich ausdehnte bis in die Unendlichkeit; als seien überall die Folterpfähle eingerammt. Man hörte das Knarren und Quietschen von Schnüren am Holz. Die Sommerwärme staute sich am Schober, und auf einmal verhärtete sich das Grauen, das sich in dem Kind ausgebreitet hatte, und zweiteilte ihm den Körper.

Im Hintergrund bewegten sich, schon dunkel, die Flügel der Windmühle. Fast lautlos erschienen und verschwanden sie vor dem gelben Himmel in der sonst unbewegten Landschaft. Die

Mühle rotierte unaufhörlich, weitausholend, begleitet von einem schwachen Knacken im Holz. Die wettergrau gewordenen Flügel drehten sich rundum, herausgehoben aus der Umgebung, als der Mittelpunkt eines mehrere Kilometer messenden Umkreises.

Eines Tages war er in der Mühle eine enge Treppe emporgestiegen, vorbei an Kisten und mehlbestäubten Balken – und dann auf einmal war um ihn die Rundwand, wie ausgehöhlt von dem Windsausen, so als befände man sich im Segelwerk eines Schiffes; dazu von draußen das gewaltige Knirschen und Knacken der Flügel.

Im fremden Vorort wußte er dann nicht, daß es auch Mühlen mitten in der Stadt, neben den Häusern, geben konnte. Die Bombardements von 1944 hatten Löcher und Aufwerfungen hinterlassen, aus denen, unterbrochen von Schuttinseln, eine Vegetation aufwuchs; dahinter Stükke der Stadt, Häuserrückseiten, mit Anbauhütten und Veranden. Von einer Straße war ein Bruchstück geblieben, aus der Leere hinten und vorn herausgeschnitten, gesäumt von einem sehr hohen Gebäude, wo in einer Backsteinmauer, in einer Reihe übereinander, ein paar vereinzelte, rahmenlose Fenster übrig waren. Mit einer Winde wurden da Mehlsäcke hinaufbefördert, die sich zwischendurch um sich selber drehten.

Manchmal stockte das Seil, und durch dieses abrupte Anhalten gerieten die Säcke auf halber Höhe ins Torkeln und Zucken: das Zucken war sichtbar wie in Körperteilen. In der hellen Mauer war ein dunkles Rechteck, das sehr tief in das Gebäude hineinführte, in eine noch stärkere Dunkelheit. Die Müllerburschen rollten die Mehlsäcke auf dem Trottoir bis unter die Winde, wobei die Räder der Schiebkarren sich mit einem stumpfen, doch durchdringenden Geräusch bewegten. Der runde Sack lehnte dann an den Stützen, leicht in sich selber gekrümmt, mit einer seitlichen Falte, ein bißchen wulstig, wie eine Hautfalte. Durch die offene Tür sah man die Hauptmasse, einen Sack am anderen. Sie schienen eine Bestrafung zu erwarten, mit jener Reglosigkeit von Verurteilten, die vor Angst gelähmt sind, und die sich sehr besinnen müssen, um überhaupt noch zu einer Geste imstande zu sein. Wenn die Karren leer umdrehten, tönten die Metallräder hohl. Ein Messerstich – der Arm weiß genau den Widerstand, die Geste hat das rechte Maß –: Die Gewebsmaschen weichen auseinander, und das weiße Mehl strömt sacht hervor, ein eher schwacher Strahl, der zu Füßen des Sacks einen kleinen Kegel bildet. Das Mehl bleibt lang auf dem Trottoir, verläuft sich da, klebt fest, sammelt sich nach und nach in den Steinritzen. Das Gesicht der beiden Müllerburschen war gleichsam mit einem weißen Schein umpudert; eine grausige Milde strahlte weg von ihrer bestäubten Haut. Der Kragen war weit über der Brust geöffnet.

Mit einem genauso weißen Strahl, blitzgleich, kehrte auch die Erinnerung an die Bestrafungen in der Jugend zurück: Unterwerfung, Reglosigkeit, Tränen – und dabei doch die Tatsachen, die bestehen blieben. Und aus noch größerer Entfernung, wie in einem Anprall, erhob sich im Gedächtnis das deutsche Dorf aus dem Jahr 1938, und mit ihm das Bild, auch es wie im Schein weißen Staubs:

Das kleine Haus ging unmittelbar hinaus auf die Straße; von der Seite gesehen, bildeten Tür und Fenster zwei breite gerade senkrechte Streifen. Die SA-Leute waren gekommen, um einen jungen Mann festzunehmen. Er hatte ihn gekannt: einen mit dem Körper eines Großen (aber das Kind wußte, daß der andere noch nicht erwachsen war). Sie rissen ihn von seinem Platz weg, und der junge Mann setzte sofort den Stuhl zurück, damit der gedeckte Tisch nicht umfiel. Die Mutter hatte nur die Schürze zum Mund gehoben. Ein Wachstuch lag auf dem Tisch, rotweiß kariert. Einen Moment lang hatten alle nur dagestanden, in der Küchenumgebung, mit den Wänden, den Kasserollen, den Vorhängen, dem Wandbild. Ein SA-Mann hatte sich in die helle Türöffnung gepflanzt, mit seiner gelbbraunen Uniform, dem Koppel, dem Schulterriemen, der viereckigen Schnalle am Riemen; dann waren sie gegangen: das offene Türrechteck. Auf einmal waren sie nicht mehr da; nur die Mutter stand noch in der Küche, erstarrt in der Geste mit dem Schürzentuch, und die Dinge um sie herum blieben, was sie waren: Tisch, Wachstuch, Mauer.

Er hatte von weitem zugeschaut, doch nichts davon erzählt; und als er zur elterlichen Villa zurückkam, brach der Regen los über das dicke Blätterwerk des Gartens und rann durch bis zum Grund der Büsche, ein heftiger Sommerregen, der kaum in den Boden eindrang, und die Kohle war dabei durch das Kellerloch gekollert. Dieser Anthrazit, für den Winter vor der Abfahrt für immer, war von draußen zu hören, wie er in den Keller rutschte: ein düsteres Gewitter im Innern, dem das Gehör zu folgen versuchte. Die Mauer an dieser Hausseite war blind, groß und zum Staunen gelb. Er betrachtete sie, während die Kohle rollte, und die Mauer erschien dabei nur noch höher.

Mit dieser rumpelnden Kohle hatte eine hartnäckige Angst eingesetzt. Geräusche der eigenen Schritte zwischen den bröckeligen Haufen, wo die Kohle unter der Hand wegbrach, der Fuß sich verklemmte und nicht weiterkam, und man ein Gefangener der grauen Holzverschläge wurde, die den Koks von den Briketts trennten. Seite an Seite führten die zwei regenglänzenden Trottoirs zu im freien Feld auslaufenden Straßenböschungen hin, die hier und da unterbrochen waren von Zementrohren, im Fahrbahnkörper eingelassen für den Wasserabfluß. Am Grund dieser Röhren lag vom Wasser geglätteter Sand, der als Gerade den zylindrischen Röhrenhohlraum durchschnitt. Da (das hätte man übersehen) würden sich die Schritte des Fliehenden eindrükken, und die Verfolger erblickten sie von oben, mit klarem Gummirelief, reifengleich.

II

Er maß mit dem Finger die Dicke des Daches: ein Zoll nur trennte ihn vom Draußen, von der Bedrohlichkeit der Witterung. Wunderbares Holz! Bedrohlichkeit des Wassers, das eindringt und zerstört. Nach und nach sackten die Häuser zusammen, der Schlamm schloß sich über ihnen. Ein Bild des Grauens setzte sich in ihm fest: am Stadtrand, wo sich die Torfstiche befanden – die Straßen mit den Trottoirs brachen da jäh ab –, hatte man eines Morgens einen Mann gefunden, voll mit Schlamm, eine Ledermappe in der Hand; er atmete kaum. Er lag da halb eingesunken, in sich verkrampft, in der Schlammpfütze, in dem Wasser auf dem Boden des Bombentrichters, wo er, schreiend vor Angst, den Tod in sich, hinabgerutscht war. Die Straßenlaternen säumten die Stadt; kein Geräusch. In den Trichtern wuchs schon das Gras, von Graten und Abhängen unterbrochen, die schon immer dagewesen schienen. Die Reglosigkeit ließ die Landschaft endgültig erscheinen. Die Brände waren erloschen, wie nie gewesen. Jenseits davon, kaum mehr zu sehen, die schwarzen Torfstiche im kurzgeschnittenen Gras. Jenes immer denkbare Sterben in der Nachbarschaft der Stadtlichter,

der hier und da noch beleuchteten Fenster im starken Mondschein!
In all diesen Jahren entging man nirgends den Photos der bombardierten Städte: kleine Reste von Wandflächen über den Fensterlöchern. Dann, an einer Straßenbiegung, ein unversehrtes Haus: da hätte man sich hinflüchten sollen – NACHHER wußte man es. Ganze Gebäude, an denen alles vollständig war, ragten aus dem Schutt, mit ihren gußeisenverzierten Eingängen.

Auf der Rückfahrt ins Geburtsland fuhr der Zug lange im abnehmenden Licht des Nachmittags. Die Strecke führte auf einem Damm durch die einförmige Ebene. Erinnerungen an die Wege der Kindheit; die Birken und die Buchen rückten heran, ein feinsandiger Weg erschien, durchzogen von zahllosen Reifenspuren. Die Mutter, im weißen Kleid, kam da auf einmal weniger rasch voran, im grauweißen Sand des zwischen den Bäumen sich verengenden Weges geriet sie fast aus dem Gleichgewicht; die Radnabe, während das Pedal sich drehte, knackte immer an derselben Stelle. Über ihre Schultern liefen die Sonnenflecken: flüchtige, manchmal dichtere, beständigere Schatten, durchbrochen hier und dort, wo das Astwerk dicker war, von Lichtkringeln. Erstaunlich, so dachte das Kind, daß sie nichts von den Mustern spürte, die über sie hinwegzogen. Und der Weg, im Durchqueren der sich aufs Endlose öffnenden Ebene, aus der sich das Gesumm der Bienen und Fliegen erhob, ging wieder geradeaus und stieß auf den Schienenstrang.

Jäh lag Hamburg hinten am weitgestreckten Wasser. Die Schienen führten an der breitbreiten Elbe entlang, mit der Stadt am Gegenufer. Die Wasserfläche, gesäumt abwechselnd von halb versunkenen, umgekippten Quais, noch mit den Metallringen dran, sowie von üppigen, windzerwühlten Buschzungen, war so breit und von einem solch milchigen Grün, daß sie noch mächtiger – als Wölbung – erschien.

Mit einem Mal standen da die fünf Türme am Himmel, wie seit je, und als sei nichts geschehen: St. Michaelis, St. Peter, St. Jakob, der Rathausturm, obenauf die Helme und die grünen Hauben, und ein bißchen abseits der schwarze Turm von St. Nikolaus, massig und doch schwindelerregend; darunter, dunkelgrau verschleiert, die in einem matten Rot spielende Häuserfront. Dahinter fing neu der Himmel an, helles Gelb über frischen, unbekannten Landschaften.

Schon von weitem wurde, angekündigt von den zwei Rundtürmen, die Eisenbahnbrücke sichtbar, eine Bogenreihe, vergleichbar mit über dem Wasser ausgehängten Kettengliedern. Diese Ob-

jekte verharrten da in der winderfüllten Landschaft, mit dem Fluß als Hintergrund. Durch den roten Bombenbrandhimmel, so hatte er gelesen, waren die Flügel einer Windmühle gewirbelt.
Der Zug fuhr zwischen aufgeräumten Schutthalden durch, aus denen das Gras aufwuchs. Unvermittelt erinnerte er sich des Gasometers von damals: braun, sich phasenweise um sich selber drehend, eine Landschaft für sich, umgeben von metallischen Steigleitern. Im wogenden Gras, Wirbelwindstellen darin, ging es bis hin zum Gasometerfuß, wo der Graswuchs vor den ziemlich langen Ziegelmauern dann aufhörte. In regelmäßigen Abständen waren da dunkle Eisenpfosten eingelassen. Nebenan standen Fabriksbauten, umgeben von gewaltigen Kohlenhaufen, mit einem sehr hellen Widerschein in der Sonne. Im Jahr 1943 fingen ein paar dieser Kohlenhügel Feuer und brannten wochenlang. Eines Tages rammte ein Flugzeug den Gasometer, und während der Pilot die Eisentreppen herabstieg, im Zickzack die Wand entlang, hing das Flugzeug flach über ihm. Das Gasometeräußere war ausgebessert worden, aber der hellgelbe viereckige Karambolagefleck blieb in der dunkelbronzenen Restfläche sichtbar, bis zu jener Abfahrt für immer.
Nach so vielen Jahren der Abwesenheit erkannte er fast nichts sonst wieder. Die »Seinen« über-

nahmen ihn, den Habenichts, im Krach des sehr belebten Bahnsteigs, der hoch über den Schienen lag. Ein tiefgelber Nachmittagsglanz lagerte unter der gläsernen Kuppel, wo es vom Dampfausstoß der abfahrenden Lokomotiven hallte; zwischen Schlot und Dampfspiralen blieb jeweils ein leerer Zwischenraum von Hitze. Doch: dieser unermeßliche Ort war all die Jahre eine leibhafte Erinnerung geblieben.
Man mußte in einen anderen Zug umsteigen, um zum Dorf der Kindheit zu kommen. Auf der Fahrt erkannte er nicht einmal die Stelle des Gasometers. TIEFSTACK: ein schwarzer Name auf weißem Grund, zwischen zwei Stangen, auf einem Fliesenquai mit eiligen Leuten; ein Kindheitsname, mit dem nichts wiederkehrte. Hier begann die Abwesenheit: noch vier Stationen. Er saß auf dem graugestreiften Veloursitz im Abteil zweiter Klasse und fühlte sich ausgetrocknet und bewegungsunfähig vor Bedrückung über diese falsche Heimkehr, nur noch als Kleinwinziges oben auf einem monströsen Körper.

Eingeholt von den Abläufen der Kindheit, erkannte er den Bahnhof nicht wieder. Man mußte einige Male an den Orten vorbei, bevor man sie erkannte; und hernach ein Schnitt durch den Körper von oben nach unten: Grauen vor den Dingen, die noch da waren. Eine Umzäunung, ein Hangar genügten: schnell weg auf dem Rad, das Weinen verbergen. An den Waldrändern gab es verlassene Baustellen, Einfriedungen mit herumliegendem Holz: hier konnte man, gleichsam konvulsivisch, wie mit der flachen Hand, jene absurde Falle der Vergangenheit von sich stoßen, die er schon abgeschafft hatte durch die Todesangst, durch das Zusammenzucken beim kleinsten Schritt. Wie er das Fahrrad schob, sah er zwei am Wegrand sitzende Frauen, die ihm den Rücken zugekehrt hatten. Die eine, bucklig, mit einem grauen Haarknoten am Hinterkopf, sagte zur anderen, einem sehr jungen Mädchen, dem sie die Hand hielt: »Ich habe es dir ja gesagt, du hättest . . .«, und das Mädchen brach in ein lautes Weinen aus, eher einem heiseren Klagen, das ganz tief aus der Kehle kam.

Der Taxichauffeur, eigens für die Heimkehr bestellt, gab vor, ihn wiederzuerkennen. Dann, in den Räumen, die waren wie früher und sich doch nicht mehr ähnlich schauten, führte man ihn über Teppiche vor ein weißes Tischtuch, dessen damastene Falten das Auf und Ab von Wellen zeigten. Die Familie feierte seine Heimkehr. Geräusche, von woandersher, mischten sich ein: wovon handelten sie? Und auf einmal fand er es heraus: er saß da vor einem Tischtuch, die Füße auf einem Perserteppich, erstmals wie-

der seit den Kindertagen – und jene anderen Geräusche wurden deutlich, weil sie *fehlten*: er hatte *nicht* die eigenen Schritte gehört, er hatte *nicht* die Hände auf Wachstuch gelegt. Und er war es, den man für den Sieger hielt!
Diese begüterten Deutschen, die ihn ausfragten über »Paris«: wie sie aufklären? Sie waren es, die mit Erzählungen kamen; und es war er, der sich schämte, ein Überlebender zu sein. Ihm erzählte man von den Schrecken des Krieges: von dem hartnäckigen Grollen der Bombardements in der Ferne, den lodernden Bränden. Hamburg war achtzehn Kilometer weit weg, das Gras war am Morgen rußbeschneit. Die Züge fuhren nicht bis in die Stadt hinein, und man mußte zwischen den Schutthügeln zu Fuß weiter; riesige grüne Fliegen saßen auf den Steinbrocken. Nachts im Dorf stiegen die Leute auf die Dächer, saßen da rittlings und betrachteten, die Füße auf den Ziegeln, das brennende Hamburg. Weit weg verlief die lange hellrote Linie, aus welcher große gelbe Bäusche emporstiegen, die versanken und woanders wieder zum Vorschein kamen. Und sicher hatten sie sich gewundert, daß Hamburg gerade an dieser Stelle des Horizonts lag: eigentlich hätten sie es sich mehr links oder mehr rechts gedacht; und sie gingen dann auch jene Örtlichkeiten der Stadt durch, die ihnen am meisten vertraut waren. Und während die Familie und

die Bekannten, unter der Laube versammelt, die in den Kellerwinkeln zusammengedrängten Menschenhaufen erwähnten, sah er ständig die Ränder einer nächtlichen Stadt, die verlassenen Hangars und die Rohbauten. Die Stadt erstreckte sich da vor dem dunkelgelben Hintergrund der schon untergegangenen Sonne. In den Kriminalromanen war das der Moment, da man den Chinesen in den im Bau befindlichen Pfeiler einzementierte, winziger Tod, Tödlein, in der Unermeßlichkeit der Stadt.

Er blieb stumm; sprach weder von den nackten Mauern noch von dem unregelmäßigen Boden; die anderen ringsum, von nichts mehr bedroht, waren so beherrscht, so ruhig, so »effizient«. Die Scham beengte ihn, obwohl doch alles so klar war: die gerade, abschüssige Straße, mit der blendenden Sonne am Ende, und die grauen Fassaden, die kein Schutz waren: klopfendes Herz, zitternde Knie. In die Ecke gekauert, gewinkelt auf dem Fußboden hockend, hat die alte Frau das Stuhlgeflecht in Augenhöhe. Man wird sie aufspüren; sie wird sterben. Zum ersten Mal seit der Kindheit sieht sie einen Stuhl von so tief unten – ihre Augen sind auf der Höhe der Sitzfläche, so daß sie sogar die Flechtmaschen zählen kann; und die Knollen am Holz sind oben und unten kleiner, dicker in der Mitte. Warum kann ihr Körper nicht eins werden mit dem

Mauerwinkel? Die immer vorausgeahnte, vorausgewußte Angst: jetzt macht sie bös-körperlos. Bestand das Leben in Wahrheit nur aus solchen kleinen, bisher hinausgezögerten Augenblicken: eine Stuhllehne auf gleichem Niveau mit den eigenen Augen, ein Tisch von unten? Und die alte Frau sieht sich selber, in die Ecke gedrückt. Vorn in der Straße laufen die Pferde, und hinter ihnen tötet man die, die nicht fliehen konnten. Die alte Frau weiß, daß sie sterben wird. Was hatte er ihnen zu erzählen? Von Zeit zu Zeit kamen Wörter aus ihm hervor – Vorangst-Geräusche, und zu beiden Seiten des Kopfes zogen die Ohren an ihm, ein kaum merkliches Zerren, in Erwartung des Ausbruchs. Der Aufschub hätte bald sein Ende; und der Körper wartete darauf.

Er verstand ihre Laute und erfaßte ihre Gesichter, und das Seltsame war, daß man diese Gesichter von außen sah, und daß es dabei doch nicht sie waren, die man sah. Und plötzlich, momentlang, war man ganz innen in *ihnen*, und wurde *sie*. Der dicke Mann mit der Hornbrille, mit der viereckigen Stirn, mit den Haaren, die man, in einem einzigen Blick, alle einzeln sah: schon seit Jahren war dieser Mann so, wie er war, und er würde es auch sein, wenn er, der Heimgekehrte, nicht mehr da wäre; alles das hatte er mit sich gebracht und würde es wieder mit sich nehmen. Und sie beklagten Deutschland und erzählten vom Krieg, besonders von den letzten Monaten, von der »Invasion«; und kein Laut kam aus ihm, als man meinte, daß der Krieg in Savoyen, seinem Unterschlupf, nicht so arg gewesen sein mußte.

»Savoyen« hieß »Kinderheim«, und zwei Mitschüler schleppten da die Katze in die dritte Etage hinauf, im Schutz der Abenddämmerung, wo in dem Haus eine allgemeine Unaufmerksamkeit herrschte. Der Katze wurde das Maul zugehalten. Gebannt war er den beiden gefolgt, und fühlte beim Treppensteigen das Gebäude um sich aufwachsen. Er lebte da schon so lange, daß sein Körper eine Empfindung von der seltsamen Gestalt des Hauses bekommen hatte: mit einem Felsen als Sockel reichte es zur einen Seite viel tiefer nach unten als zur anderen; was hier ein Keller war, war dort schon Etage.

Ganz oben setzten die beiden Jungen die Katze auf die Holzbalustrade des Balkons, ein trübweißer Fleck vor den dunklen Tannen. Er sagte nichts, und rührte sich auch nicht. Eine heftige Erregung und ein Schuldgefühl ergriffen ihn. Die beiden warfen die Katze vom Balkon, und sie fiel lange, mit von sich gestreckten Pfoten, faßte sich plötzlich. Sie blieb dann in derselben Haltung auf dem Erdboden. Obwohl kaum mehr Tageslicht war, sah man die kleinste Einzelheit. Einen Augenblick später – als ob sie sich zuvor erst hätte überzeugen müssen, daß sie nicht mehr fiel – entfernte sich die Katze mit einer eigenartigen Langsamkeit, wie auf dem Bauch. Da erst fing er an, die Mitschüler zu beschimpfen, und diese standen mit übergroßen Händen, verwirrt. Er lief wieder hinunter, wobei die Tannenbretter im Stiegenhaus sich um ihn drehten als eine Folge von Maserungen und Astlöchern, welche das Auge sämtlich wahrnahm. Er ging zu der Stelle, wo die Katze aufgetroffen war und fiel auf die Knie, in den Armen einen Schmerz: das Bedürfnis zu umarmen. Die Katze war nie mehr zurückgekommen. Und hier erzählte man ihm von verrückten, ausgemergelten Katzen, die im Ruinenschutt hausten, und wollte dann auch von ihm etwas hören, auch er mußte doch »viel mitgemacht« haben; doch sein Kopf blieb leer, ohne Erinnerung. In ihm war nichts als jenes Wehgefühl in der Brust und von weither kommende Geräusche, ein unbestimmtes Rumoren.

Er erinnerte sich nur an die Kälte des Schnees; und wie die anderen immer wieder auf ihn losgegangen waren. Man schlug ihn, warf ihm die Schneebälle mitten ins Gesicht. Dabei war er doch zu den gleichen Gesten fähig wie jedermann: auch er konnte sich den Schnee vom Kragen schnipsen, wie Brotkrümel, mit der Spitze des Zeigefingers, sein Körper spielte doch das

Spiel der anderen nach. Er probte sie, zur Selbstvergewisserung, indem er etwa die Kopfhaltung eines Mitschülers annahm. Sie hatten doch jedesmal die notwendigen Gesten: so versuchte er, in ihnen aufzugehen. Er wollte *sie* sein – jener andere, den man nicht bemerkte.

Sie waren eines Morgens angekommen im Autobus, mit starr-erstaunten Augen, müde von der Nacht im Zug. Zu Hause neu eingekleidet, standen sie, angeschienen von der Sonne, vor dem Busbahnhof. In Begleitung der Mütter waren sie zum Kleiderkauf gegangen, hinein in Geschäfte, wo sie nie zuvor gewesen waren, und wieder hinaus. Nun würde man sie zum Kinderheim oben am Berg bringen. Auch er, der ihren Blicken folgte, war überrascht, es da über ihnen stehen zu sehen, wie es die Wipfellinien der Tannen überragte, ganz zuoberst an dem steilen Abhang. Zuvor hatte man ihn zu einem Bauern um einen Handkarren geschickt, und er hatte sich dann sozusagen eingespannt zwischen die von zahllosen Griffen blankpolierten Deichselstangen; das Holz war da mit der Zeit seidig geworden und glänzte im Widerschein des Lichts. Er ließ die Finger herumgleiten, wobei die Daumenspitze über die rauheste Stelle strich: Ahnung von den Sägezähnen. Den ganzen Weg lang hatte er hinter sich das sandige Geräusch der

Felgen auf dem Asphalt gehabt, und er war geradezu stolz darauf gewesen. Zwischen den Tannen die Reste der kühlen Nacht, mit Einschnitten von Licht; in der Sonne der verdunstende Tau.

Unter den Blicken der Neuankömmlinge lud er ihre Koffer in den Karren, wobei jeder sein Gepäckstück mit einem besonderen Gesichtsausdruck überwachte. Die Blicke wechselten abschätzend zwischen ihm und dem Koffer. Es waren die Kinder von Reichen. Ihre Koffer waren schön. Während man sie über die Abkürzung zum Internat hinaufsteigen ließ, nahm er, wiedereingespannt, die Straße. Den Karren ziehend, durchquerte er das Dorf. Die Scham verstärkte sich, je weiter er sich daraus entfernte. Als die Steigung zunahm, drehte er um und schob. Er stemmte sich zwischen die Deichselstangen, das Handinnere gegen das Holz verkeilt, die Arme von sich gestreckt, den Körper gekrümmt, und stellte sich zugleich vor, von oben beobachtet zu werden. Schon waren ja manche Urlauber wieder aufgetaucht, um nach ihren Chalets zu sehen, und sie betrachteten vielleicht mit Interesse und Sympathie diesen jungen Domestiken. Als er auf ihrer Höhe war, schämten sie sich vielleicht ein bißchen, den Morgen zu genießen, während dieser Halbwüchsige da sich abmühte.

Die Steigung wurde immer stärker, und immer wieder rutschte ein Koffer über die zu niedrige Karrenwand und plumpste schräg zu Boden. Der Aufstieg dauerte sehr lange. Man wartete auf ihn, verdrossen, ungeduldig. Als er ankam, war er erschöpft, den Tränen nah, Schweiß im Gesicht. Seinetwegen hatten die Neuankömmlinge nicht ordnungsgemäß untergebracht werden können. Jeder fand dann seinen Koffer heraus, mit dem Blick auf eine bestimmte Stelle im Karren, ähnlich wie die Fernzugreisenden.
Unterwegs hatte er versucht, mit der Faust die angestoßenen, eingedrückten Ecken wieder hinzukriegen; aber in dem neuen Zeug blieben für immer die Spuren. Es gab Beschwerden, und am Abend mußte er sich die Hosen herunterlassen, und man züchtigte ihn vor den Ankömmlingen. Für diesen Zweck hatte er selber gehen und sich die Rute schneiden müssen. Als er den Haselnußzweig umbog, krachte dieser so laut, daß man es weit im Umkreis hören mußte.

Oder der gefrorene Schnee, mit den knirschenden Schritten, wo der Frost die Abdrücke des sonnigen Tages verhärtet hatte; am Talhang gegenüber der Berghütte. Eine Wolke vor dem Mond mußte da abgewartet werden: erst dann durfte man es wagen, die Hütte zu betreten, einen leeren Raum, wo man auf dem Boden sitzen und ausharren sollte: angeblich würden die Deutschen ihn ein zweites Mal suchen kommen. Ganz nah schien die Reihe der Dorfhäuser unten, alle gleich hoch, die Dachfirste Zacken im Mondlicht; und derselbe Kirchturm wie sonst stand da, mit seinen vier Fenstern, zu zweien übereinander, daneben das gezwiebelte Glokkentürmchen, so groß und so nah, das man doch sonst nur in der Eile gesehen hatte, immer in Furcht, zu spät heimzukommen und bestraft zu werden. Langgezogenes Schreien wurde hörbar, darauf ein entferntes Geräusch von brechendem Glas, von Fußtritten gegen einen Kübel, gedämpft von den Häusern und dann neu durchbrechend, und noch weiter weg Gelächter, draußen in der tiefen Nacht unter dem Mond. Es passierte ihm also nichts, und doch spürte er die Angst von einer Schulter zur anderen. Immer noch kam von irgendwoher Lachen, während zugleich im Dorf die Deutschen dort Versteckte festnahmen.

Er hatte von diesem möglichen Tod alles vorausgewußt. Das Gehör folgte dem Motorengeröhre die Haarnadelkurve hinauf, von Baum zu Baum. Khakifarbene Wagen, schwarz und ocker gesprenkelt, bewegten sich auf der Schräge des Hanges, einer nach dem anderen. Die Scharfsicht in der Angst: jetzt waren sie versteckt von der Tannengruppe, kurz getrennt durch einen Baumstamm, jetzt waren sie im freien Gelände. So wurde sein Gedächtnis ein für alle Male geprägt von nie zuvor gesehenen Landschaftsformen. Es war eine transparente, farblose, fast helle Nacht mit nichts als dem Schwarz der Fensterrahmen darin.

Dann eines Tages, in dem von der Sonne überhitzten Betonbau, das die Stimmen übertönende, abgehackte Pfeifen einer Rohrleitung; grauer Sommer mit dem in der Hitze knisternden Getreide, dem Flußlauf im Hintergrund und, noch weiter weg, ruhig, reglos, klar im Blick, dem Dorf. Und plötzlich am Abend das Alarmgeläute, schnell, regelmäßig; Erstarrung über der Landschaft. Rund um die Getreidehalme der durch die Trockenheit aufgebrochene Boden, feine Risse, gesäumt von weißen runden Staubkörnern. Von hier aus wären die Berittenen sehr gut zu hören gewesen, wie auch die Entsetzensschreie der Einwohner, die man gerade hinmetzelte: die Schreie, die vom Platz kommen, sind dumpfer als die anderen – dazu das trockene Geknalle von Brettern, die zu Boden fallen, und das vielfältige Geschmetter von Geschirr, das zerschlagen wird.

Nein, er hörte bei ihren Fragen nicht einmal zu. Während sie am runden Gartentisch saßen, schauten sie ihn an und warfen einander Blicke zu: man hatte sich nicht geirrt; es stimmte, was von ihm als Kind geredet worden war: »nervös«, »unausgeglichen«, »vielleicht sogar ein bißchen verrückt«. – Und zugleich versank eine Sonne wie damals allmählich hinter den Apfelbäumen, deren fast schwarzes Grün sich von dem flammenden Gelb abhob. Die Sonne schimmerte auf dem Damasttischtuch, blinkte auf den Silberlöffeln. Manchmal schüttelte ein jäher Lufthauch die Blätter und verging gleich wieder. Das Gespräch kam von ihm ab. Man hörte dem dicken Lehrer zu. Er stellte sich, unter der tiefstehenden Sonne, am Rand der Ebene, wo die Kleinstadt nach und nach in das Land überging, das rotziegelige Gymnasium mit den Fensterumrahmungen aus glasiertem Backstein vor, umgeben von dem feinen Sausen der Birken. Reißende Trauer befiel ihn, um eine versäumte Kindheit, nicht geschlossene Freundschaften, heimliche Pfade, an deren Ende alles hätte möglich sein können: abgestellte Fahrräder, die Lenkstangen schräg im hohen Gras; Augen, die durch die Lichtung in die Wälder spähten.

Es ging darum, ein paar Nachmittage lang aufleben zu lassen, was nie erlebt worden war: den unbekannten Klang der Silberlöffel an dem Porzellan der Tassen, das matte Geräusch des Messers an der gläsernen Kuchenplatte; – und es war zum

Staunen, daß die gläserne runde Scheibe so genau in die Silberumrandung mit den kleinen Dreiecksfüßen paßte. Er entdeckte Gegenstände, die er dabei doch hätte kennen müssen, in ihrer verblüffenden Pracht: eine Scheibe aus Glas auf einer Umrandung aus Silber.

Es gab keine Erklärung, daß man davon nichts mehr wußte, daß man weder Tischtuch noch Silberlöffel noch weißes Porzellan je gesehen hatte, auch nicht jene Kissen, die mit Bändern an die Rückenlehnen der Gartensessel geknüpft waren. »Es sind die von früher!« sagten sie zu ihm, mit einem Lächeln des Wohlwollens und des Einverständnisses, wie bei einer Begrüßung. Ja, alles stammte von früher, Tischtuch, Silberzeug, Porzellan: kein Gegenstand hätte ihm unbekannt sein dürfen. Er betrachtete das neugierig: die pastellfarbenen Streifen der Kissen und die flachen, mit weißem Stoff bezogenen Knöpfe. »Das habe ich also alles schon gesehen«, sagte er sich, und starrte darauf, wie um den Zeitraum seiner Abwesenheit ungeschehen zu machen. Fremd war er hier in dem Garten der Kindheit, inmitten der »Seinen«, und es gab weder Erklärung noch Rechtfertigung, nichts, was ihn freisprach: kein Zimmer, keine friedlichen Abende, keine Steinbrüstungen – keinen Ort, der Erinnerung geblieben war; statt dessen leere Korridore oder Schlafsäle, flüchtige Örtlichkeiten, die man mit anderen teilte, und den Jammer der abgestorbenen Bäume in den Vororten, den Unrat, der hervordunstete unter einer dünnen Schneedecke, den Jammer der nässenden Städte mit den dunklen Feuchtigkeitsflecken im hellen Fassadenverputz. Auch die Namen auf den Bahnsteigen, rot auf crèmefarbenem Grund, bedeuteten »Erinnerung« bloß für die anderen. Dabei dachte man, er sei zurückgekehrt, »schwimmend in Geld«, und wunderte sich, daß er nie Geschenke machte. Wieder einmal verwandelte sich sein Unbehagen in ein Bild: ein paar Tage vor der Abreise nach Deutschland war er noch, in der Nähe von Juziers, mit dem Rad die Seine entlanggefahren, und jetzt erschienen die nassen Dörfer dort wieder, hineingezwängt zwischen Felsensteilufer und Fluß, so als seien sie der Abdruck seiner Empfindungen. Das überhängende Kliff war überall ein bißchen zerschabt und ausgehöhlt, für die Hasenställe mit den Planken schwarz von Sickerwasser, welches unablässig dem Stein entquoll. In den Häusern waren Linoleumfußböden, die Räume ausgemalt mit gelber oder hellgrüner Ölfarbe (dazwischen das Wandbrett für den Radioapparat), beschlagen mit zahllosen winzigen ununterscheidbar aneinanderhängenden Tropfen, in denen der Finger wie auf einer Glasscheibe glatte gleichmäßige Striche ziehen kann.

Das Tischtuch, das Silberzeug und die Kissen wurden zurück ins Haus gebracht; es wurde Abend. Eigenartig, mit den Gegenständen von drinnen draußen im Gras zu gehen. Nein, er hatte nicht die Gewohnheit solcher täglicher Gesten, durch welche erst sich Erinnerung bildet und herbeirufbar wird. Während er zwei Tassen trug, betrachtete er das schwindende Licht am Grund; über dem Gras schwebte Zigarrenrauch, nie so gerochen, und verflog in das Blattwerk. Hier im Garten kehrte auch Paris wieder. Hinter der kleinen Place Félix-Lobligeois, eingefügt zwischen sehr hohen Häusern, erschienen flüchtig Baumkronen, die sich auch über anderen Landschaften erheben konnten: da lag der Square des Batignolles. Zur einen Seite führten die Parkanlagen da übergangslos auf Wohnhausfenster zu, wie in Berlin oder in Wien, zur anderen Seite öffneten sie sich zur Eisenbahnsenke. Die Grenze des Parks wurde dort gebildet von einer Betonestrade hoch über dem Gleiskörper. Hinter den vielen Schienensträngen, bläulich in der Ferne, erstreckte sich ein gewaltiger Himmel, und in einem einzigen Augenblick zeigte sich da, mitten in Paris, der Meereshorizont. Die Schienen lagen in der Stille eine neben der anderen; dann erdröhnten sie, dumpfes Geräusch am schweren Metall, und der Vorortzug fuhr vorbei, grün, mit dem runden, eisenumrahmten Bullauge im Fenster, der Kondukteur dahinter, sich abhebend vom gelben Kabinenhintergrund. Dort, in der Nachmittagssonne, war wiederum der letzte Morgen zu Hause zurückgekehrt, jenes Morgengrauen, in dem er auf der Terrasse seines Geburtshauses gestanden hatte, die vertrauten Bäume und die Laube schon im Vorlicht des Tages, der da kommen und den er nicht sehen würde: Abfahrt für immer. Er war zehn Jahre alt und wußte, er würde die Eltern nie wiedersehen. Bei aller Scham hatte er aber auch ein seltsames Bewußtsein der eigenen Stärke; er empfand nicht die geringste Traurigkeit. Hinter ihm kümmerte man sich um alles, packte den letzten Koffer, kam durcheinander – während er wie jene reichen Reisenden war, die mit freien Händen in den Wagen steigen. Seine Augen, ohne Tränen, hatten alles mitgekriegt; und dort dann, am Square des Batignolles, am Ausgang der rue Cardinet, sah er frisch die blaugrauen Stämme der Buchen im Garten: erst den Garten, dann den Morgenhimmel darüber, schon hell, aber mit einem noch unbestimmten Licht – und jener Garten würde ohne ihn fortbestehen, während er doch immer noch dort sein und ihn anblicken könnte, als etwas, gerade durch ihn, den Wahrnehmenden, Einzigartiges.

Da war irgendwo in ihm ein Austrocknen geschehen: ein lautloses, tränenloses, unmerkliches

Hinsterben. Aus einem Pariser Nachmittagshimmel trat jäh ein Villenbalkon im Morgenlicht, und ein Passant krümmte sich zusammen.

Die weiße Gartentür mit den zugespitzten Latten erschien jetzt gar klein: sie ging ihm kaum bis zum Bauch. Er versteckte sich, mit den Tränen, die ihm jetzt, zehn Jahre später, kamen, hinter einem Rosenstrauch, der angeblich auch von damals war, und riß büschelweise das Gras aus. Es gab kein Zurück.

III

Der Spiegelschrank war zu groß für die kleine Mansarde. Eine holzgeschnitzte Früchtegirlande säumte ihn oben. Der Spiegel war höher als breit und nahm fast die ganze Vorderfläche ein. Das Innere war aus einem hellen, samtigen Holz und hätte eine sichere Zuflucht abgegeben. In dem Schrank stak ein winziger Schlüssel, der beim Umdrehen ein hohles Geräusch machte; zugleich schepperte jedesmal die ganze Türfläche.

Es ging darum, da vorbeizukommen, ohne sich zu sehen. An diesem Morgen hatte es auf einmal kein Vergessen mehr gegeben; er erinnerte sich an jede Einzelheit und wollte sich abschaffen. Er dachte an die Verdoppelung und an die verstohlenen, unentschuldbaren Gesten, während um ihn herum alles bewegungslos geblieben war: Schrankspiegel, Mansardenwände und die Dachluke mit dem Abbild der Glühbirne, die da verkehrt in den Nachthimmel geragt hatte. Die Vorstellung, die Tür sei nicht abgesperrt gewesen, und man hätte ihn überraschen können, krümmte ihm den Rücken und ließ ihn, bei der Erinnerung an den Abend zuvor, auf den Zehenspitzen gehen. Er sah nicht sich, sondern jemand anderen, picklig, vielleicht auch unrasiert, mit kohlschwarzen Haaren, einem grauen, feuchten, gleichsam anrüchigen Körper, und es gab unter ihm, ein Schrei, keinen Boden mehr. Zu flüchtig waren jeweils die Augenblicke, da er, mit den paar warmen Rucken, ganz, ja sogar König wurde.

An einem Sonntag fand man auf der Vorstadt-Baustelle den ermordeten Fremdenlegionär. Ein Arbeiter ging zum Vorstadt-Kommissariat und stellte sich. Der Legionär und der Arbeiter hatten sich zusammengetan, aber jeden Abend, wenn sie in der Baracke lagen, erzählte der Legionär seine Killergeschichten, wobei er mit dem Mund »Bumm-Bumm« oder »Kräck!« machte. Der Arbeiter bekam immer mehr Angst, und eines Abends erschlug er den anderen mit einem Kantholz. Dabei hatte der Legionär nie jemanden getötet; er konnte das nur nicht sagen. Der Arbeiter träumte im Gefängnis von der Auferstehung, wie von einem Begreifen, bevor es zu spät wäre.
Aber warum wendete gerade vor jenen Augenblicken, wo der Horror plötzlich zurückwich und wie in einer Groteske das Glück erschien, mit dem Reich der Bilder und den vom Nutzzwang befreiten Objekten, sich das Gedächtnis ab? Stimmlosigkeit und Krötenkörper: die Erbsünde.

Als am Abend des 16. September 1956, in Compton (Kalifornien), die Eltern des elfjährigen Fred Rutherford von der Feldarbeit heimkamen, fanden sie ihn erhängt in der Scheune hinter dem Haus. Der Bub hatte zu seinen Spielkameraden gesagt, er wolle sich umbringen; denn ohne Fernsehen hielte er es nicht aus: der Apparat seiner Eltern war kaputt.

Ein Satz aus einem englischen Roman fiel ihm ein: »Er war viele Male in Hal's Koje gewesen, sie roch nach Tabak und Leder, und auf dem Bett lag eine braune Decke. Er versuchte sich vorzustellen, wie Hal da im Dunkeln ausgestreckt war und an sich selber herumspielte.« Warum hatte er sich diesen Satz gemerkt? Wovon erzählte er? Stammte er aus jener Geschichte, die er als Kind gelesen hatte, von dem Königssohn mit dem Engelsgesicht, welcher dabei vom Teufel besessen war? Da er der Prinz war, durfte er alles. Nie wollte er zweimal hintereinander im selben Zimmer schlafen; jeden Abend brauchte er ein neues, das genauso schön, aber ganz verschieden sein mußte. Aus dem ganzen Königreich wurden unaufhörlich neue Möbel angeliefert, so daß sich der Palast immer mehr vergrößerte; schließlich war eine Karosse mit sechs weißen Pferden nötig, die den Prinzen jeweils zu dem Flügel mit seinem Zimmer brachte. Nur er hatte den Schlüssel dazu. Aber eines Abends, nachdem ihn die

Domestiken im Vorzimmer fürs Zubettgehen hergerichtet hatten, öffnete er die Tür, trat ein und fiel in einen bodenlosen Brunnen. Sein Schreien hallte wider bis in die entferntesten Zimmer des Palastes und hörte gar nicht mehr auf, so daß der König und der ganze Hof ausziehen mußten. Dorngestrüpp überwucherte das Gebäude, aber der Schrei hallte da noch immer. Jenes Märchen hieß *Das Laster.*

So überfielen ihn beim Erwachen die immergleichen Bilder; man konnte sie durch andere vertreiben, aber manchmal war die Neugierde stärker.

Er stieg in Paris durch leere Alleen die künstlichen Anhöhen der Buttes-Chaumont hinauf und zur anderen Seite wieder hinunter, wobei jedesmal hinter den Kämmen der kleinen Hügel der Horizont sich zu einer Meereslandschaft weitete. Auf einer grünen Bank mit gußeisernen Füßen saß ein Mann mit Hut, und ein anderer war über ihn gebeugt. Der Mann mit dem Hut schaute um sich, aufmerksam und ruhig. Einen Augenblick später saßen die beiden aufrecht und regungslos nebeneinander. Der eine zeigte mit gestrecktem Finger auf einen Punkt in der Ferne, während der andere, mit einer schnellen, geübten Gebärde, sich den Mantelzipfel über die Knie schlug. Nie vergäße er die Gesichter, mit denen sie dann durch die Straßen gehen würden, genauso undurchdringlich wie

auch all jene Gesichter, denen er in der Folge begegnete: stolz auf sich, und sicher, nicht als *die und die* wiedererkannt zu werden. Er stellte sich vor, wie sie, sich selber unbekannt, Bewegungen, Rhythmen vollführten und dabei doch beharrlich *Gesichter* blieben. Als er durch eine höhergelegene Allee kam, sah er sie noch einmal, in einem Laubengang Seite an Seite sitzend, und er fühlte sich schuldig; schämte sich, ihr Blickfeld zu queren. Sie erkannten ihn wohl wieder und sagten sich, daß er über sie Bescheid wüßte – und der Lasterhafte, das war er.
Der sah, war der Schuldige – der Sitz des Lasters, das waren die Augen. Erst am anderen Ausgang des Parks war er wieder ruhig geworden, es konnte ja niemand wissen, was er gesehen hatte. In der Métro standen zwei halbwüchsige Burschen eng beieinander. Warum war er nicht sie? Die Kindheit war immer noch möglich, und die Erinnerung hieß, daß all jene Dinge bereit waren zur Wiederholung. Jene drei Pappeln hinten auf der Weide am Eure-Ufer, unter jenem grauen, leuchtenden Himmel: Landschaften, an denen man zu schnell vorbei war; die man versäumt hatte. Die Erinnerung wurde weit nur um die Dinge, für die man keine Zeit gehabt hatte. Und sein Schuldgefühl, kam es daher, daß er keine Zeit gehabt hatte für die Kindheit?
In der von Bäumen gesäumten Avenue hörte er

dann jemanden sagen: »Mama, ich bin so müde.« Ein noch kindlicher junger Mann ging neben einer Dame, die gepudert war und ein klares Gesicht hatte. »Das Gebirge wird dir guttun, und man wird dich ordentlich pflegen. Ich werde dich mit Vater oft besuchen kommen.« Der junge Mann würde sterben. Er ließ ihn nicht aus den Augen, und auf einmal schaute er mit dem aufmerksamen Blick des jungen Mannes, der in den Bergen darniederläge. Der andere würde sich vielleicht an die Avenue erinnern, aber es war er, der sich schon jetzt, an Ort und Stelle, daran erinnerte. Wie leicht hätte man der todgeweihte junge Mann sein können, mit demselben aufmerksamen Blick. So wurde man für flüchtige Momente, für einen Ruck ohne Dauer, derjenige, den man betrachtete. Und der Blick drang ein in den anderen und wendete sich dort, so als sei der andere der Betrachtende.

In einer Vorwegnahme seines künftigen Lebens – Sonntagmorgen vor einem Goldstreifenhimmel – wohnten sie in einer jener billigen Sozialsiedlungen, die vor den kleinen Städten auf Äckern und Wiesen errichtet wurden, mit regelmäßigen Betongehsteigen. Ihr Speisezimmer, ganz neu möbliert, hatte zwei Fenster, die auf eine grüne Landschaft hinausgingen, gemustert von Hekken, wo das Grünland durchzogen war mit

braunerdigen Viehpfaden. Aber das Land hülfe schon lange nichts mehr gegen die trockenen Lippen und die tonlosen Worte. Man hielte die Hände des anderen, als seien es Knochen. Man arbeitete inzwischen, war vernünftig geworden, und war dabei doch nie unvernünftig gewesen. Sie kannten den Wohlstand; alles war still und friedlich. Seine junge Frau liebte ihn; er war für sie die Erfüllung.
Manchmal stritten sie sich. Der Hammer in dem roten Abteil des blitzsauberen Werkzeugkastens war noch ganz neu. Langsam fällt sie im Speisezimmer zu Boden, zwischen den Stühlen mit den hohen Rückenlehnen, die um den Tisch herum stehen; legt sich beide Hände auf den Kopf, die Augen staunend offen. Das Bild dieser »jungen Frau«, die er nicht kannte, und die sich beide Hände über den Schädel hielt, ließ ihn manchmal, auf offener Straße, kurz aufschreien. Der zugeschlagen hatte, das war er.
Und war er nicht auch jener Bergmann von Marcinelle? Aus einer Zeitung hatte er die Photographie der alten Genfer Krankenschwester ausgeschnitten und, ohne zu wissen warum, gefaltet in die Brieftasche gesteckt. Wenn er zuweilen dieses Gesicht betrachtete, sah er jedesmal vor einem offenen Eßzimmerfenster langsam eine junge Frau, die Hände auf dem Kopf, sich um sich selber drehend zu Boden fallen. Die

Krankenschwester saß zwischen dem unpolierten, wachstuchbedeckten Holztisch und dem sehr hohen Bett; hinter ihr ein ziemlich schmales Fenster. Sie hatte im Krankenhaus von Charleroi Tag und Nacht neben einem sechzehnjährigen Bergmann gewacht und ihm das Leben gerettet. Vierundvierzig Jahre später war er eines der Opfer der Katastrophe von Marcinelle, und unter dem Deckel seiner Uhr fand man einen Zettel: im Fall seines Todes sollte man diese Uhr der Krankenschwester schicken, zum Zeichen »immerwährender Dankbarkeit«; der Bergmann war unverheiratet geblieben. Es gab sogar ein Photo von der Rückseite der Uhr, mit einem Bergmann, Lampe in der Hand, Spitzhacke über der Schulter, der neben einem kohlenbeladenen Förderwagen einherging. Immer wieder betrachtete er das gestreifte Kleid der Krankenschwester und erforschte den Ausdruck ihrer Augen. Er empfand heiße Trauer, daß man nicht das Leben der anderen leben konnte: reichte deshalb so oft ein nachmittäglicher Baum aus jenen nicht mitgelebten Lebensbereichen herein?

Es war schon Nacht, an jenem Oktobertag des Jahres 1943 im Kinderheim. Eine Glühbirne, die an einem Draht hing, beleuchtete den hellen Holztisch in der sauberen, behaglichen Küche; jede Faser in dem frischgeschrubbten Holz

glänzte. Es tat gut, sich da hinzusetzen. Er horchte, ob die Deutschen kämen. In der Vorstellung sah er die Wagen von oben, wie sie gerade die große Serpentine nahmen.
Die Direktorin und die Köchin berieten sich untereinander, wo sie ihn verstecken könnten; die Köchin schlug vor, unter dem Bett. Er würde da auf dem Boden liegen, vor sich zwei Absätze, die dann und wann den Platz wechselten, begleitet von welcher Gebärde? Die Absätze bestanden aus gerundeten, regelmäßigen, lichtglänzenden Schichten. Darüber, weit weg, gab es einen unsichtbaren Körper. Die Angst: sie hatte keinen Ort, ergab kein Bild. Der grellbeleuchtete Tisch, das Fenster, die Schränke, die hellhölzernen Regale, schon im Schatten: alles, als ob man gar keine Angst hätte. An diesem Abend waren die Deutschen freilich nicht gekommen.
Vorsichtshalber wurde er zu einem Bauernhof in einem benachbarten Weiler geschickt. Es war nach einem Regen, und die Wolken zogen ab, mit einer regelmäßigen, silbrigen Trennungslinie. Ein durchscheinender Himmel stand über dem Tal, ein Kommen und Gehen des Mondes, und in der Stille, unverändert, die Umrisse der Berge.

Woher kamen ihm unversehens jene Rädergeräusche auf Kies – was hatte es auf sich mit jenen hochfenstrigen Gebäuden, von weitem erblickt durch Bäume hindurch? Sommerliche Sonntagmorgen, hochgewölbt über den Hecken und den Birken, durchwirkt von jener Kindheitsscham, die Bild wurde in dem kopfunter dastehenden Karussellpferd, das man wie absichtlich senkrecht mit einer Stange durchbohrt hatte! Und all jene Fahrten allein im leeren Waggon: war das schon *nach* der Angst gewesen? Beschämung, der einzige Fahrgast zu sein, angesichts der langen leeren Reihe der Metallgriffe, die von Sitzbank zu Sitzbank aufeinander folgten: all dieses Eisenwerk, das unterwegs war für ihn allein, und alle jene Leute, tätig für *ihn*. – Sowie er die Augen schloß, kehrten, aus großer Entfernung, Reisen von einst zurück, wobei man auf Kissen gelegen hatte. Eine Landschaft zog vorbei, man hörte Stimmen, man wurde schlafengelegt. *Das* war *vor* der Angst, in der man dann im Mondlicht ging, steifbeinig, mit blockierten Gelenken; so als müßte man scharf überlegen, um überhaupt noch einen Schritt tun zu können.

Immer wieder die Photos: F. D. Roosevelt eskortierte als junger Mann verhaftete Wegelagerer. Bei einem Halt inmitten einer Lichtung saß er auf einem Baumstumpf, und das Gewehr auf den Knien zielte auf die Banditen; er hatte die Finger am Abzug, bereit zu schießen. Zu seinen Füßen lag ein Vorratsbeutel, der Gehstock war an einen

Baumstumpf gelehnt. Roosevelt trug metallgefaßte Brillengläser. Eine Art von vergnügtem Selbstbewußtsein war um ihn, eine Zukunftsgewißheit. Sein Blick streifte die entlegenen Wälder, deren Wipfellinie sich durch den Hintergrund der Photographie zog. Wenn seine Mission erfüllt wäre, würde er zu seinem Kolonialstil-Haus zurückkehren, mit dem Garten, dem Säulenvorbau, und dem holzvertäfelten Innern. Einer der Banditen war sehr jung und blickte in die Kamera. So viel Angst und Anspannung war in seinen Augen, daß man sich momentlang in ihn verwandelte. Auch der junge Bandit saß auf einem Baumstrunk, und er hätte genausogut Roosevelt sein können. Noch sah er die Landschaft, war in der freien Luft draußen wie Irgendwer, und dabei bestand jedes Stück seines Körpers nur noch aus der Angst vor dem, was ihn erwartete: sie lag auf ihm als ein geradezu sichtbarer Überwurf. In jener Epoche wurden die jungen Delinquenten bei ihrer Ankunft im Gefängnis noch ausgepeitscht. Sein angespannter Blick in die Kamera drückte Neid aus auf den Photographen. Warum konnte er nicht, ein paar Meter weiter weg, ein anderer sein und in Ruhe weiterleben? Auch er, der Betrachter, hatte an jenem Tag die Gegenstände beneidet, weil sie die Angst nicht kannten.

Auch 1944, mit der Befreiung, ließ das Bewußtsein der Verworfenheit nicht nach. So viele seinesgleichen waren tot, und er überlebte und wurde immer neu schuldig, in jenem Hervorzukken in der Nachtstille, Geheimnis, mit dem er hinauf in die Dachkammer stieg. Das Fenster lag so hoch, daß es auf den Wipfel der Ulme hinausging, die das Waisenhaus überragte. Im Zimmer verstreute Kleider und sofortiges Einschlafen – aus Angst, überrascht zu werden? War es auch aus dem Schuldgefühl, an der Tür des anderen geklopft zu haben (der nicht geöffnet hatte)? Er hatte ihn bestürmt hinter der geschlossenen Tür – und der Aufschrei dann: kam er von jenseits der dünnen Holzwand, oder aus ihm selber, aus der Tiefe der Brust? Wäre die Tür zurückgewichen, hätte er sich denn da aufgestützt, zitternd gezeigt? Wieso war ihm eigentlich so heiß geworden, als ihm jenes Märchen vorgelesen worden war, welches *Die Hand mit dem Messer* hieß? »Es war ein kleines Mädchen, das hatte drei Brüder, die galten bei der Mutter alles, und es wurde überall zurückgesetzt, hart angefahren und mußte tagtäglich morgens früh ausgehen, Torf zu graben auf dürrem Heidegrund, den sie zum Kochen und Brennen brauchten. Noch dazu bekam es ein altes und stumpfes Gerät, womit es die saubere Arbeit verrichten sollte.

Aber das kleine Mädchen hatte einen Liebhaber, der war ein Elfe und wohnte nahe am Haus ihrer Mutter in einem Hügel, und sooft es nun an dem Hügel vorbeikam, so streckte er seine Hand aus dem Fels und hielt darin ein sehr scharfes Messer, das von sonderlicher Kraft war und alles durchschnitt. Mit diesem Messer schnitt sie den Torf bald heraus, ging vergnügt mit der nötigen Ladung heim, und wenn sie am Felsen vorbeikam, klopfte sie zweimal dran, so reichte die Hand heraus und nahm das Messer in Empfang.
Als aber die Mutter merkte, wie geschwind und leicht sie immer den Torf heimbrachte, erzählte sie den Brüdern, es müßte ihr gewiß jemand anders dabei helfen, sonst wäre es nicht möglich. Da schlichen ihr die Brüder nach und sahen, wie sie das Zaubermesser bekam, holten sie ein und rangen es ihr mit Gewalt ab. Darauf kehrten sie zurück, schlugen an den Felsen, als sie gewohnt war zu tun, und wie der gute Elf die Hand herausstreckte, schnitten sie sie ihm ab mit seinem selbeigenen Messer. Der blutende Arm zog sich zurück, und weil der Elf glaubte, seine Geliebte hätte es aus Verrat getan, so wurde er seitdem nimmermehr gesehen.« – Es hatte also schon die Vorwegnahme gegeben: auf diese Weise verband sich der Abend von einst mit dem Abend von jetzt. Er stand auf und

zeigte die Hände vor: man konnte ihm nichts vorwerfen.

Gebirgssommermorgen, vor Sonnenaufgang: er war dabei, den Bus zu nehmen und, zum ersten Mal seit sieben Jahren, in die Stadt zu fahren. Das Licht war grau, auf einer Landschaft ohne Schatten, und die weißen Blumen in der Düsternis blendeten geradezu. Er bestaunte die Sitzreihen, samt den Griffen für die Hände obenauf: wieviel Präzision, Berechnungen, Anstrengungen waren aufgewendet worden, damit man an Häusern vorbei, über Brücken, durch Täler käme. Und die Leute in dem Bus: bei der Ankunft, wenn sie dann ausstiegen, würde ihnen von alldem nichts anzumerken sein, die Vorübergehenden hätten keine Ahnung davon. Er versteckte das Gesicht in den Händen, um für die draußen unsichtbar zu bleiben. Der Motor röhrte, und vorne vollführte der Chauffeur im grauen Kittel vor der aufgehenden Sonne weitausholende, kreisende Gesten. Das Tal lag zur Hälfte noch im Schatten, und hinten im Bus saßen die Leute, untätig, für alle Welt grotesk sichtbar. Hätte er sich unter den Sitz verkrochen, so wäre sein Platz von außen leer erschienen.

In einer abschüssigen Straße hatte er die Zauberin erblickt. Der Gehsteig traf auf eine Eckmau-

er, von wo zwei Straßen weggingen: die eine bepflanzt mit Bäumen – ein Schulweg am Morgen –, im fernen Hintergrund die über das Banlieue-Meer ziehenden Wolken; die andere, dem krummen Verlauf eines ehemaligen Weges folgend, war gesäumt mit Ziegelbauten – Sonntagnachmittagsstraße, wo hinter den hellen Vorhängen junge Leute der Musik von Armstrong, Dizzy Gillespie und Fats Waller lauschten.
In der großen Villa mitten auf dem Abhang, mit den Kieswegen davor, stieg er eine dunkle Holztreppe hinauf. Er trat da zu den anderen jungen Leuten, in das Zimmer von Jean-Claude, das ganz unter dem Dach lag, über den Baumkronen, und hoch über dem Fluß mit den Pappelreihen, dessen gemächlichem, beruhigendem Lauf man über die ganze Ebene hin nachschauen konnte. Das Zimmer war groß, und sie lagerten alle auf dem Boden oder auf dem Bett, bemüht, sich nicht zu bewegen und einander nicht zu berühren. All diese Jungen konnten die Platten jeweils sofort datieren: das war zu der Zeit, als Armstrong und Johnny Dodds noch mit dem King zusammen waren, und das war der erste Hot five mit Johnny Saint-Cyr, und das der zweite, wo Lily Armstrong nicht mehr dabei war, und das ist jetzt Cootie Williams. Manchmal läutete das Telefon, worauf dann einer von den Jungen wegpolterte, und er, er war geradezu stolz, auf

ein Telefon in einem Zimmer blicken zu können und das Knirschen der Autoreifen im Kies zu hören. Unversehens war er unter diese reichen jungen Leute geraten, unfähig, den Reichtum im einzelnen abzuschätzen, und die anderen mußten annehmen, daß auch er in einem Speisezimmer aß und oft auf Reisen war. Jean-Claude spielte Tennis und sollte als Nachfolger seines Vaters später ein bedeutendes Unternehmen leiten. Er trug ein crèmefarbenes Hemd und eine blaue gestreifte Hose. Alle gingen sie dann, laut durcheinanderredend, die Treppe hinab und erzählten geländerabwärts von gemeinsamen Vorhaben, von Mädchen, oder von Begegnungen in Paris. Und er fuhr mit dem Fahrrad zurück, entlang am ausgefransten Ufer der Oise, auf grauen, in der Trockenheit schrumpeligen, zementartigen Sandpfaden; es war wieder ein schwüler regloser Abend im Sommer 1947.

Drei Tage danach starb Jean-Claude bei über hundert Stundenkilometern im Citroën seines Vaters. An jener Stelle beschrieb die Straße nach Paris eine leichte Kurve, während ein kurzer Weg geradeaus führte, auf die Mauer eines Anwesens zu. Die lokalen Zeitungen sprachen von Selbstmord. Sooft er danach an der Villa vorbeikam, wunderte er sich darüber, immer noch dort oben das Fenster zu erblicken, wo er Armstrong, Fats und Mezzrow gehört hatte. Wie war er stolz gewesen, einer der Burschen zu sein, die da auf dem Bett lagerten, dieselbe Musik wie sie zu hören, für ihresgleichen gehalten zu werden. Vielleicht hörten andere junge Leute inzwischen eine andere Musik, den Körper befangen in Vorahnung: der gleichen hohlen, schweren Empfindung in der Brustmitte. Er schaute hinauf und versuchte, sich die Musik vorzustellen, hinter den Fenstern, die beidseits gerahmt waren von faltbaren Eisenflügeln. In diesen waren längliche parallele Einschnitte, ähnlich wie bei den Motorhauben der Vorkriegsautos.

Die Zauberin stand in einem Satinkleid in der Auslage der Buchhandlung. Sie schlug mit dem Stock in gleichmäßigen Abständen gegen die Scheibe, ruckhaft und zugleich leicht. Lange betrachtete er die mechanische Gestik der Fee, während zugleich im Ladeninnern, hinter dem Kontor, der kahlköpfige Buchhändler tätig war.
Als er dann umkehrte und wieder an dem Laden vorbeikam, schlug die Zauberin noch immer, mit immer der gleichen Geste. Was würde aus dem kahlköpfigen, betriebsamen Mann drin, wenn er heraus auf die Straße käme? Sein Gesicht schien nicht zu seinem Körper zu gehören, so als bestünde zwischen beiden eine unsichtbare Trennlinie. Genauso war es mit dem unbekannten Mann gewesen, zu dem er als Kind eines Tages in

ein Zimmer trat. Er erfaßte ihn mit einem einzigen Blick, als Ganzen. Er war kahlköpfig und schien da nicht am Platz zu sein. Später sah er ihn wieder, als glatzköpfigen Schächer auf einem Kreuzigungsbild, und er wandte sich ab, aus Angst, es könnte einen Zeugen für seinen schiefen Blick auf einen gefolterten Glatzkopf geben. Gegen seinen Willen mußte er dann immer wieder an den glatzköpfigen Schächer denken, den man ausgepeitscht hatte, bevor man ihn ans Kreuz hängte. Auch sein Vater war kahl gewesen; und er krümmte sich bei der Vorstellung von seiner Nacktheit. Die Gesichter der Erwachsenen konnten demnach, den Körpern oben bloß aufgesetzt, überallhin wechseln: mitten im Wald verlorengehen, in einem Aufzug steckenbleiben, über dem Stab einer Zauberin tanzen, oder über Leibern erscheinen, die verrenkt waren in Qual. Jene zwei Männer auf den Buttes-Chaumont: wieso hatte man ihren Gesichtern nicht angesehen, was sie gerade taten? Wie konnte jener Mund so unschuldig wirken?

Nun stand er, mitsamt seinem aller Welt sichtbaren Gesicht, in dieser abschüssigen Straße, die sich am Ende gabelte, und der Boden zu seinen Füßen glitt plötzlich weg. Es genügte, sich vorzustellen, bei welchen Wegen und Handlungen dieses Gesicht mit anwesend gewesen war, und ein Ekel rüttelte den Körper. Sooft er das eigene Gesicht so nachfühlte, drehte er das mahagonigerahmte Pastellporträt seiner Mutter mit den Ebenholzecken weg zur Wand. Sie saß da in einem sehr breiten Fauteuil mit mächtigen Armstützen, die Hände übereinandergelegt. Sie trug ein grünes bauschiges Kleid und hielt den Kopf leicht geneigt. Ihr Haar war in der Mitte gescheitelt und fiel zu beiden Seiten des Gesichts glatt herunter. Hinter ihr waren Kissen gestapelt. Der Fauteuil hob sich ab von einer Bücherwand, die der Maler mit kurzen braunen Strichen markiert hatte. Der Hausdiener der Waisenanstalt hatte ihm aus einem Ledergürtel eine Art Aufhängedreieck zugeschnitten, mit einem Loch in der Mitte, und dann das Bild an zwei Nägeln befestigt, die er mit einem kleinen Schusterhammer vorsichtig einschlug. Später hing es in seinen wechselnden Zimmern, immer nur an einem einzigen Nagel. Auf der Rückseite, unten, war auf der schwarzen Pappe ein kleines rechteckiges Etikett, rotbraun, angebracht, mit der crèmefarbenen Aufschrift: LANGHAGEN & HARNISCH, Kunsthandlung; HAMBURG, Gänsemarkt 6.

Doch auf die Dauer hatte das Wegdrehen nicht genügt, und so steckte er das Bild manchmal sogar in den Koffer, den er dann sorgfältig zuklappte. Und trotzdem war einmal der Blick so durchdringend gewesen, daß er sich wiederangezogen hatte und weg zum Bahnhof ging, so als könnte diese anonyme Gegend ihn verbergen –

aber auch, als schöbe er es bloß auf, damit jener Blick verschwände. Er ging gleichmäßigen Schrittes die Gleise ab, Stein nach Stein, Grashalm nach Grashalm; unter den Waggons zeigten sich im Vorbeigehen unerhörte Landschaften. An den Bahnsteigen standen überall kleine Brunnen: einst zogen da die Eisenbahner mit einer Kette die Rohre in die Höhe und tauchten sie sodann in die Lokomotivkessel. Während der Stops hatten sie ihre Brillen in die Stirn geschoben, und man sah ihre Helfer-Gesichter, knochig und wachsam.

Er dachte oft an jene Eisenbahner, die ihn von Hamburg nach Florenz, und von Florenz nach Chambéry gebracht hatten: was war aus ihnen geworden? Wie gern hätte er sich von ihnen einladen lassen. In ihrem Kreis hätte er sich sicher gefühlt, und sein Atem, vor der Tasse Kaffee und dem Wachstuch, wäre ganz tief und ruhig geworden. Sie hätten ihre Eisenbahnergeschichten erzählt, und er hätte zugehört.

IV

Man konnte das Fenster ganz zurückkippen, so daß der Rahmen samt Glas dem Dach anlag. Er stand auf einem Stuhl und lehnte an der Luke, halb draußen und halb drinnen. Er hörte, wie tief unter ihm die Füße auf dem Stuhl scharrten, während er zugleich im Freien, oberhalb der mächtigen Neigung des Dachs, die ganze Landschaft betrachten konnte: die Silhouetten der Stadthäuser und in der Ferne die mit Buschwerk bestandenen Hügel. Später würde er die Ankunft der Zeitungen aus Paris abpassen. Man würde sie durch die Schiebetür des Gepäckwagens werfen: ein gelbliches Pappbündel, mit einem Strick zusammengebunden. Er war auf die »Kleinen Annoncen« aus; träumte von festen Anstellungen, mit Kost, Wäsche, Unterkunft, und den immergleichen Gesten: wie er zum Beispiel nach dem Tischabräumen ein Leben lang mit der gekrümmten Silberbürste, die das Zeichen der Familie trug, die Krumen beseitigte. Durch eine einzige Tür konnte man von dem üppigen Speisezimmer mit den Teppichen und der Holztäfelung in die ausgeklügelte Kupfer-, Holz- und Fayence-Einfachheit der Küche gelangen: zwischen diesen beiden Bereichen würde er sich hin und her bewegen. Die Besucher hätten für ihn die gleiche Hochachtung wie für den schwarzgekleideten Domestiken im Schloß von Combourg, der da vorbeigeht mit den silbernen Serviettenringen der Nachkommen des François-René de Chateaubriand.

Zu Diensten sein, nur noch aus angeordneten Gesten bestehen. Er trüge ein gestreiftes, zu großes Gilet, ausgeleiert durch den Gebrauch, mit zusammengepreßten, glänzenden Fäden. Die Säume, würde man sie betasten, gäben eine Empfindung von Leder. Unter dem Druck der Finger fühlten die Spitzen des Gilets sich abgewetzt, aufgequollen, zusammengepreßt und zugleich weich an; alter, schwärzlicher Schmutz, Schicht um Schicht, ununterscheidbar, untrennbar, für immer da hineingewirkt: Tierhaare, Überbleibsel von Brot, unentwirrbares Durcheinander der Jahre, welches der Diener, wenn er es berührte, schließlich mit dem eigenen Körper verwechselte, mit Auswüchsen der eigenen Haut. Und das wäre sein Zukunftsgesicht: die mit Seife gewaschene rosa Haut, die weißen Haare, der heitere Blick, die Atemzüge voll Genugtuung und Gelassenheit. Ein Habenichts, lebte er doch stetig umgeben von Luxus und Vornehmheit, ohne Angst vor einem Morgen. Und schon stellte er sich vor, in den Winternächten von draußen die Zweige gegen die Fenster schlagen zu hören.

Jäh belebten sich bis dahin gleichgültige Worte und wurden faßbar. Ganz gegenwärtig wurde ihm die Geschichte jenes uralten Domestiken bei Thurn u. Taxis in Regensburg, der so gelitten hatte unter dem »spanischen Zeremoniell«: sooft er im Flur einem Familienmitglied begegnete, mußte er sich mit dem ganzen Oberkörper verneigen, und jeden Abend litt er an Kopfschmerzen. Unterlief ihm in der Etikette ein Fehler, so wurde er geohrfeigt. Zu diesem Zweck ließ man ihn einen Schritt zurücktreten, damit man besser ausholen konnte.

Eines Tages, im Zug, schlug ihm ein Wanderhändler vor, bei ihm mitzuarbeiten. Jeden Morgen sollte er ihm den Schaukasten von Markt zu Markt tragen. Er glaubte am Körper schon das eingerollte Weidengeflecht zu spüren, mit der Umrandung aus Eisendraht; mit einer einzigen Geste würde er es auf dem Schaugerüst ausbreiten. Er wäre es, der die Haltetaue befestigte, auf unbekannten und dennoch vertrauten Plätzen, vor weißen oder gelben Häuserfassaden. Er würde den Haken schräg zwischen die Pflastersteine treiben. Der Wanderhändler war ein dicker, pausbäckiger Mensch mit lakonischen Gesten. Er sollte ihm auch etwas Gesellschaft leisten; die Gegenleistung seien Essen und Schlafplatz. Einmal in der Woche, so versprach der dicke Mann, würden sie groß ausgehen. Er stellte sich ihren Tisch am Fenster vor, in einem stilleren Winkel des Restaurants. Die Vorhänge bauschten sich leicht im Wind; beide studierten die Karte. Dann, gegeneinandergeneigt, würden sie speisen, während um sie herum all die Körper waren, saßen, kauten und hinunterschluckten, in ihren Alltagsverkleidungen, als sollte man sie hier nicht sehen, und während die Kellner schweigsam auf Auslegeteppichen zwischen den Tischen gingen.

In der Vorstellung reiste er von Stadt zu Stadt, wobei die eine zum Unterbau für die andere wurde. Unversehens gab es dann an einer Straßenecke die Öffnung auf einen Platz, zugleich mit dem Bewußtsein, einen solchen Nachmittag habe er schon erlebt: am Meeresufer? oder auf einem Platz, den es nur in der Ahnung gab? Langsame große graue Wolken zogen über die Stadt, goldgesäumt von der Abendsonne.

Kam jene Ahnung von dem Wind über der alten Stadtmauer, einer langen, regelmäßigen, sehr hochragenden Aufschüttung, mit Gras bewachsen, unterbrochen von der Straße, die zwischen Ziegelsteinwänden da durchführte und von einem verbindenden Brückenbogen überragt wurde? Und dann der festerdige Pfad, den zu beiden Seiten Bäume säumten: War das der insgeheim ersehnte Weg, der ihn führen würde zum »vorzüglichsten Schauplatz seiner angenehmsten

Phantasie und romanhaftesten Ideen . . . – denn er sah hier die dicht ineinandergebaute Stadt und die ländliche offene Natur mit Gärten, Äckern und Wiesen so nahe aneinander angrenzend und doch so außerordentlich verschieden, daß dieser Kontrast eine lebhafte Wirkung auf seine Phantasie nie verfehlen konnte«?
Er hatte freilich »Nein« gesagt – oder vielmehr war ihm das »Nein« nur so entschlüpft; und zugleich hatte ihn die Lust gepackt, in diesem grünen Abteil, vor all den ordentlich ausgerichteten Gesichtern, mit der Hand die gerundete Fensterrahmung entlangzustreichen, fast stolz über das da eingravierte deutsche NICHT HINAUSLEHNEN; auf dem Finger würde noch eine Zeitlang der Abdruck der Buchstaben bleiben. Und er hatte auch Lust gehabt, mit der Handfläche über den kleinen, schachbauernartigen Knopf zu fahren, der den braunen Sonnenvorhang mit dem Aufdruck SNCF der französischen Staatsbahnen hielt. Dieser war versehen mit zwei Lederschlaufen, die man an dem Knopf befestigen konnte, so daß der Vorhang ein Bild der vollkommenen Ordnung ergab: Empfindung der Genugtuung über die gelungene Geste – mit den eigenen Gegenständen gelang eine solche Vollendung nie. Jetzt mußte man freilich immer wieder das Tuch beiseite schieben und sah dann durch senkrechte Spalte hinaus auf die Landstriche.

Das Gespräch stockte und wurde konturlos im Bedauern über die zugleich versäumten Landschaften draußen vor dem Zugfenster. Jugenderinnerungen wiederholten sich, hier im Zug, kenntlich an jenem immergleichen Schmerz auf dem Brustbein. Er stieg, mit dem Rucksack, der sich nicht hatte zuschnüren lassen, zum Kinderheim hinauf, und die acht Zweikilo-Brote spannten den Stoff, der in seiner Glätte geradezu neu wirkte, während die Brote dicht nebeneinander oben in der Öffnung erschienen, rund und schimmernd. Als der Bäcker sie ihm in den Rucksack gesteckt hatte, mußte er alle Kraft aufwenden, damit das Gewicht ihn nicht nach hinten zog. Auf dem Weg durch das Dorf, unter einer leichten und doch zielsicheren Sonne, war es wieder die Beschämung gewesen über diese Brote hinten auf ihm und die einknickenden Beine. Dann wurde die Steigung so stark, daß er auf allen vieren weiter mußte. Das war einer jener Augenblicke, wo die Lasten ihn geradezu vernichteten, und wo er dann, vielleicht zur Selbstbestrafung, sich den Gürtel so eng zog, daß er beinahe daran erstickte, oder sich den Fuß des Schemels, auf dem er gerade saß, auf die Zehe stellte. Später las er jene Passage aus dem *Anton Reiser* von Karl Philipp Moritz, mit einer Erschütterung des ganzen Körpers (so als seien jene Sätze quer durch ihn durch geschrieben):

»Nichts aber war für Anton kränkender, als wie er zum ersten Male in seinem Leben eine Last *auf dem Rücken*, und zwar einen Tragkorb mit Hüten bepackt, über die öffentliche Straße tragen mußte, indem L. . . vor ihm herging – es war ihm, als ob alle Menschen auf der Straße ihn ansähen . . . – Nur daß er jetzt gebückt gehen, seinen Nacken unter das Joch beugen mußte, wie ein Lasttier, indes sein stolzer Gebieter vor ihm herging, das beugte zugleich seinen ganzen Mut darnieder und erschwerte ihm die Last tausendmal.« Oder las er das zugleich als ein Umkehrbild – hätte er jener Meister sein mögen, stolz darauf, einen unter dem Gewicht einknickenden Bediensteten sein eigen zu nennen? – Einst hatte er Vogelbegraben gespielt, unter einem Wind, der hoch oben in den mächtigen Buchenästen stürmte. Mit einem Spaten grub er ein Loch in den braunen Boden und bildete sich etwas darauf ein, daß auch er jene glatten und geraden Ränder ziehen konnte. Der Himmel oben war blau, und er spürte eine Kraft, eine Stärke: er – ja, er – war am Leben.

Wieder kam er, in jenem länglichen metallischen Behältnis, das sich in freier Natur so geschwind dahinbewegte, aus dem Land seiner Kindheit zurück, wo doch alles ihm so vertraut war: die sich nach außen öffnenden Fenster, befestigt mit

weißgestrichenen Haken; die rotziegeligen Häuser mit den Vorbauten; die gemütlichen Eßzimmer mit dem Geruch nach Zimt und Maggi, welchen es einzig in Deutschland gibt. Die flachen, gelben Leuchtschriften gingen – wie beruhigend! – schon bei Sonnenuntergang an. – Der Zug befand sich schon südlich von Saint-Quentin und fuhr auf Paris zu, durch eine ausgedörrte Landschaft, wo die Erde zu kleinen farblosen Kugeln zerbröckelt war. Das Licht kam scharf von oben. Neben den Schienen, unter den grauen Eichen und dem kurzen Gestrüpp preßte etwas wie der Druck des »Kein Erbarmen!« Er hatte Todesangst, in dem kleinen schlingernden Raum mit dem gekrümmten Ölfarbenplafond, in welchem die Nieten blinkten. In diesem Würfel war er unterwegs, eingeengt von der Unermeßlichkeit draußen und von dem Leid, nicht woanders zu sein. Auf den geraden Wegen, zwischen den Birkenwäldern und den sonnigen Weideflächen, mit den rundlichen Schattenflecken darin, fuhren so auch die Wagen dahin, als Inhalt die aufrecht stehenden Gefangenen, mit dem Ziel »Hinrichtung«.
Manchmal, im Schließen der Augen, erstand fast ohne Zutun das Grauen der Verurteilten. In seinem Abteil mußte er sich an der Hand nehmen, um nicht aufzuschreien bei dem Gedanken an die Wagen, von denen sie durch die Land-

schaft transportiert wurden. Auf einem Hinrichtungsphoto stand der Verurteilte noch da, der Körper sozusagen hüftsteif vor Grauen, während die Augen WAHRNAHMEN. Er machte sich für immer die Gesichtszüge dieses Menschen zu eigen, der im nächsten Augenblick sterben würde. Überall in der Landschaft rollten Gefährte, mit regelmäßig laufenden Motoren, zu Exekutionsorten hin: dunkelgrüne Lastwagen mit abgerundeten Kanten. Oben und an den Flanken wechselten Flecken von Schatten und Sonne wie auf dem Kleid der Mutter, als sie an dem Sommertag, auf dem Weg zwischen feinblättrigen Birken, Fahrrad fuhr.

Beim Langsamerwerden des Zuges zeigten sich deutlicher die Einzelheiten, so auch jenes an einen Baum genagelte Blech, das schon ein wenig angerostet war von der Rinde. Wozu hatte es gedient? Ein vierschrötiger Mann hatte es da an den Baumstamm genagelt, einer mit sicheren Gesten, der in einem Hohlweg zu zielen und zu töten wußte. Zwischen diesen grasumsäumten Büschen, zwischen Weizen und Unterholz – der Zug war inmitten der Felder stehengeblieben – sah er sich rennen. Instinktiv hob er die Beine, so als bewegte er sich über Glaskugeln. Der Körper verkrampfte sich in Erwartung des Schußknalls. – Aber auch im Entkommensfall wäre er später

gezwungen, eines jener Viereckgebäude am Rand der Städte zu bewohnen, wo er dann Rechenschaft darüber geben müßte, warum er etwa so spät nachts noch den Mülleimer hinuntertrüge.
Bei der Rückkehr das Wegschrumpfen, das Fast-Ersticken, vor Traurigkeit. Die ländliche Sommernatur stand grau auf als Kriegsschauplatz. Das Waisenhaus lag inmitten eines verkümmerten Parks, der gerahmt wurde von einem Dreieck aus Eisenbahnschienen; als Zentrum ein rechteckiger Teich, gesäumt von Platanen, mit ins Wasser hängenden Armen. In seiner Trauer hob er einen der Äste an: unerwartete Schwere. Das Glänzen des Wassers verstärkte die Krümmungen und Knicke im Gezweig. Am Astende hingen schwammige, in die Länge gezogene, um die Stengel gerollte Blätter, an denen das Wasser gelbe und braune Grasfäden abgelagert hatte; von allen Seiten ein Andrang von Stille und Hitze. Der Teich schien sich gegen ihn aufzuwölben, und die Tropfen, die von dem emporgehobenen Ast rannen, prallten gleichsam auf die trockene Hitze auf und zerplatzten. Weiter weg, jähes Geräusch, verschwand gerade eine Ratte im Wasser.

Die Wiederholung der Hitze, des fast weißen, unbewegten Himmels: er stieg vom Stuhl, er hatte eine große Reise hinter sich. Mit einem

Schlag geschah die Rückkehr von der Unermeßlichkeit des Draußen in die Beschränktheit der düsteren Mansarde, mit den Gegenständen Bett und Schrank, befangen im Halbschatten. Ekel beim Anblick des ungemachten Betts mit den Wülsten und mit dem Körpereindruck. Er suchte in dem Sammelband der *Monde illustré* ein bestimmtes Bild: unter einem bedeckten Himmel, wo aber die sinkende Sonne den ganzen Horizont ausleuchtete, lag da inmitten einer vollkommenen Ebene ein Teich, dessen Uferlinien das Auge bis fast zum Rand der Ebene nachziehen konnte. An dem jenseitigen Ufer wurde der Teich abgeschlossen von einer hölzernen Schleuse, an der, bis zu den Knöcheln im Teichwasser, ein Riese lehnte und geradeaus blickte, ein wenig nach hinten geneigt, als glitte er mit den Füßen über den Grund; im Vordergrund Bauern, KRUMM vor Entsetzen. Es handelte sich um das Gemälde *Le Grand Bissexte* von Maurice Sand, das ausgestellt worden war auf dem Salon von 1857. Wie üblich bei dem Schrecklichen ging von dem Riesengeschöpf zugleich etwas Ruhiges aus. Er klappte den Band zu, stand auf und schloß angesichts des Schrankspiegels die Augen. Wenn er nur vor sich hinstarrte und zugleich auch sein Denken erstarren ließ, dann gelang es, die Erinnerungen abzuhalten, die doch sonst so präzis waren, daß die

Scham davon hätte die Umrisse zeichnen können. Er stellte sich wieder auf den Stuhl, steckte den Körper wieder durch die Luke, wobei er sich an die Dachschräge stützte, und hatte wieder die Landschaft vor sich. Doch die Scham war stärker, und in der Weite erschien wieder der Waisenhauspark. Er lief da in der Weißhitze, hinter ihm die stille, ebenmäßige Teichfläche. Nahm er den Zug nach Paris, weil er von der Hitze weg wollte? Jedenfalls gab es ein Gefühl der Sicherheit, in den Waggon zu klettern, sich am Geländer festzuhalten, auf einer gelben, gedrechselten, ein wenig gemuldeten Holzbank zu sitzen. Der Vorortzug wurde immer voller, je mehr er sich Paris näherte. – Auch ihm war der Herr mit dem weichen Hut aufgefallen, aber er sah dann nur das Ende jener Geste, mit der das junge Mädchen den Mann ohrfeigte; sie mußte weit ausgeholt haben. Bei dem Geräusch der Ohrfeige wußte man plötzlich nicht mehr, in welche Richtung der Zug fuhr. Das junge Mädchen nahm ihre Handtasche und setzte sich woandershin. Er sah den Herrn fast von vorn: er hatte sich überhaupt nicht gerührt, so als wollte er sagen: »Ich bin es ja gar nicht.« Sein Hut war ein wenig verrutscht. Er rückte ihn nicht zurecht; am Rand zeigten sich schweißplatte Haare. Er blickte nur starr in die Landschaft hinaus, wobei er das Gesicht, unbewegt, gleichsam vor sich hin hielt. Seine

Augen glänzten stark, und die untere Lidgrenze erschien leicht angeschwollen. Auf einmal rückten seine Kleider – der gestreifte Anzug, die Knöpfe am Gilet – und seine nebeneinandergestellten Knie von ihm ab und wurden unabhängig: Objekte, die sich ganz allein aufrecht hielten und eine Form für sich hatten.

Für jemanden, der ihn von unten sähe, wäre er ein ruckender Kopf auf Dachbodenhöhe: etwas zum Lachen. Und zugleich geschah in ihm die Erinnerungsflucht, mit den nicht einzuordnenden Tagen. Was bedeutete jenes mit Bäumen bepflanzte Flußufer, die Vorbeifahrt jenes Schleppdampfers mit nach hinten geneigtem Rauchfang, der verziert war mit dem Bildnis einer Biene? Auch Mauern erschienen, Laternen in der Nacht. Und jene Stadt, wo man ankam: sie *war*, und man hatte keine Ahnung davon gehabt! Immer neu war das Staunen über all die unbekannten Leben und über Erinnerungen der anderen; über diesen Wind in der Stadt und über das klappernde Kaminblech. Ein Hund bellt in einer nahgelegenen Straße – warum empfinde ich sie als Senkrechte? –, und eine Landschaft von früher kehrt wieder, unter dem dahinjagenden Mond, und die Erregung über all das, was einen noch erwartete.
Aber in seinem Gedächtnis hob keine »Zukunft«

ab; es gab eher eine unfaßbare Bedrückung im Körper, welche die Glieder beschwerte: die Befremdung, zu sein; und daß man ihn noch immer nicht aufgespürt hatte.

War es das Fenster desselben Abteils, von dem aus er in dem Wald unterhalb des Bahndamms eine Lichtung sah, mit einem von unzähligen Tritten zertrampelten, festgestampften Erdreich, umgeben von gelblichem, zerschlissenem Gras? Lange Rindenstücke junger Bäume hingen von den in halber Höhe durchgebrochenen Ästen. Diese hatten stark gebogen werden müssen, damit sie brachen, und lange Fasern waren weiß durch die Oberfläche geplatzt. Ungeschickte Finger, noch zu schwach und zu ungeduldig, hatten den Ast wohl um den Stamm gewunden, und das Holz hatte sich dabei sozusagen verdreht wie eine Schnur; und als das Astwerk abriß, blieb der ausgefranste junge Schaft übrig, dürftig im Grau der Lichtung. Um eine Eiche war ein Seil geknüpft und hing da herab, dick, locker, ein bißchen ausgeleiert, es hätte ein Halfter sein können. Solange der Zug stand, konnte er nicht davon wegschauen. Wen hatten die Kinder da an den Baum gebunden, welche Kindheit lebte da in ihm auf?

Indem er sich vom Fenster abwendete, in der jähen Furcht, die anderen Reisenden könnten seinen Blick deuten, sah er sie alle da sitzen,

Gesicht an Gesicht, den Rumpf aufrecht über den horizontalen Schenkeln: wußten diese Leute, daß sie solch ein Körper waren? Nichts von ihnen war an dem, was sich da zeigte: an dem leichten Schweißglanz auf den Wangen, an den einzeln sichtbaren Haaren. Sie wußten nichts von jenem Selbst, welches er doch wahrnahm, umfassend, mit einem einzigen Blick, fast ohne den Kopf zu bewegen. Auch der Wanderhändler hatte kein Bewußtsein von seiner Stirn, glatt, mit einem kleinen Schimmer darauf, und von dem schwarzen Haar darüber, das in einer geraden Linie anlag. Rührte daher vielleicht jene Gier, mit der man Photos von sich selber anschaute, wo man sich gar nicht wiedererkannte?: das war wohl das eigene Gesicht, aber das war man nicht selbst. Der Zug fuhr weiter, doch der Baum ging ihm nicht aus dem Kopf. Er wäre auf dem Pfad gegangen und hätte ihn wiedergefunden, und die Kinder hätten ihn da angebunden, hätten ihm ganz fest, mit heftigen Rucken, die Gelenke gefesselt.

Der Zug rollte, eine Zeit gab die andere. Der Onkel kam, den Koffer in der Hand, und stand mitten in der Küche, die zur Gartenseite hin hell war, mehr düster zur Wandschrankseite, wo Griffknopf auf Griffknopf aufeinander folgte. Der Onkel hatte kurzgeschnittene weiße Haare und hielt die Arme leicht weggeestreckt. Er kam gerade von Litauen zurück, und es war zum Staunen, daß dieser Körper da, mitten in der Küche, an anderen Orten gewesen sein wollte, daß er sich dort überall hinverfügt hatte und überall der gleiche gewesen war. Jedermann war sehr aufgeregt; denn er hatte Champagner mitgebracht: eine Flasche Französischen Champagners, deren Hals umwickelt war mit Goldpapier, das die Finger im voraus zu entfalten wünschten, im Vorgefühl des flachkörnigen Aufdrucks. Schlagende Türen, ungewohnt heftiges Stuhlgerücke: Vater und Mutter zeigten andere als die üblichen Gesten. Er sah sie, wie er auch den »Onkel« gesehen hatte: mit einem Schlag nicht mehr »Vater« und »Mutter«, ragten sie vertikal neben dem glatten Schemel empor, auf dem sich der Onkel niederlassen sollte. Auf dem Tisch standen schon die entsprechenden Gläser bereit, deren eines sich im anderen spiegelte: auch sie ragten empor. Man sagte zu ihm: »Du wirst gleich etwas Außerordentliches kosten – Französischen Champagner.« Plötzlich war das helle Quadrat des Schemels verdeckt von dem mit gespreizten Schenkeln da sitzenden Onkel. Eine kleine Detonation, und die Flasche fiel mit dem Hals nach unten schnurstracks zu Boden. Dort zersprang sie, und es breitete sich eine glänzende kreisförmige Lache aus, mit hier und da herausragenden Glasstücken, zwischen denen

kleine Blasen sprudelten. Alles blieb an seinem Platz: die Eltern samt Kleidern in all ihren Einzelheiten – nichts fehlte – beidseits des Schemels, die Hände des Onkels, die Bäume im Garten, und des Onkels Koffer, an dem der Griff umgeklappt war.
Ein paar Jahre später kam der Onkel um, in Riga, als Opfer der Nationalsozialisten. In der Vorstellung hatte der Tote Bürstenhaare. Ein Onkel, der aufrecht dagestanden hatte und jetzt tot war. Oft hatte er sich auf den Schemel gesetzt, um zu spüren, wie es war, »Onkel« zu sein. Auch der Schuldirektor aus der Nachbarstraße saß so auf einem Schemel in seinem Büro und stellte von Kopf bis Fuß jenen Sitzenden Mann dar. Als er eines Morgens nicht herunterkam, fand die Hauswartsfrau oben an seiner Tür einen mit blauem Reißnagel befestigten Zettel: »Bitte nicht läuten, ich habe das Gas aufgedreht.« Der Leichnam hielt noch den Hund in den Armen. Wie hatte jener Mann ausgesehen, der einmal, Lebender, mit ihm gesprochen hatte, und der jetzt tot war?

Es hatte in der Kindheit doch Augenblicke gegeben, da man sich in einem anderen Kind wiedererkannte: In dessen Anblick spürte man das genaue Ausmaß des eigenen Körpers, von Schulter zu Schulter. Wie war es möglich, daß man sich in keinem Erwachsenen wiederfand, aber angesichts eines Kindes, das aus der Métro kam, sich als gleichgroß spürte, so als sei man *noch es*: so als sei man noch dieses Selbst.

Sie, die anderen, fielen nie aus ihrem Gestenspiel heraus; sie »wußten, wie«. – Jener Mann, der aus seinem Auto stieg: er hatte das Gesicht, das man von ihm erwartete, all seine Gesten entsprachen dem, zu dem er gerade ansetzte; er war ein Modell. Die Art, wie er sich leicht über den Wagen beugte – wie er nur den Oberkörper abbog, wodurch der Anzug die natürlichen Falten beibehielt – und den Schlüssel mit einer einzigen Bewegung in das Schloß steckte (und in der anderen Hand zugleich die Aktentasche hielt), ihn nur einmal kurz umdrehte, ohne ein Stocken, und sich schließlich entfernte, ohne eine überzählige Geste! Bei seinem Anblick hatte sich das Begehren geregt, auch solch ein Auto zu besitzen, damit man ebenfalls derartige Gesten vollführen könnte. Er folgte ihm und versuchte, seine Gangart zu studieren. Er sah, wie er die Glastür eines Gebäudes aufstieß und eintrat, wobei die Aktentasche gleichauf mit ihm blieb, ohne daß er dafür zur Seite weichen mußte, ohne auch einen Blick darauf zu werfen, so als komme ein Mißgeschick gar nicht in Frage. All das zeugte von einer langen Praxis und Übung, einer keinen Moment nachlassenden Aufmerksamkeit.

Dieser Mann stieß nirgends an, für ihn ging alles von selber. Gelängen einem wenigstens ein paar richtige Gesten!

Während er in einer Ecke stand und zum Fenster hinausschaute, so als hörte er gar nicht zu, entschieden die Verwandten, was man ihm von seinem Geburtsdorf vorführen sollte. Man brachte ihn hierhin und dorthin und benannte ihm jede Einzelheit. Vor Tischtüchern saß er in Wohnräumen, erstaunt, in Fauteuils zu sitzen. Und er bedankte sich da bei jedem dafür, daß er überlebt hatte.
Ein Diener zu sein, hätte ihn vielleicht gerettet. Als alter Domestik ginge er erst essen, wenn sein Herr es ihm sagte: das wäre für ihn der schönste Moment am Tag. Ganz natürlich gäbe er sich dann nach dem Tod seines Herrn, immer zur gleichen Stunde, selber laut die Erlaubnis zum Essen und nähme dazu die Stimme des verblichenen Herrn an. Er war es, den man nach den versteckten Kindern schickte, und es war er, den man schalt, sie nicht gefunden zu haben; denn ihretwegen wurden die Speisen kalt. Er wurde gerüffelt, doch das machte ihm nichts aus.
Die Gesellschafterin der alten Baronin begann dieser allmählich zu ähneln: sie hatte eine ähnliche Kopfhaltung eingenommen, hatte wie sie eine langgezogene Schrift, verwendete die gleiche

türkisfarbene Tinte. Wenn sie in den Wagen stieg und dabei den Kopf senkte, schaute sie, ohne den Blick zu verändern, geübt geradeaus, auf einen unsichtbaren Punkt, wie auch die Baronin, und wenn sie einen Raum betrat, blieb sie, wie diese, momentlang stehen, mit der Hand am Griff, den Türflügel vor sich, bevor sie weiterging. Wie diese näherte sie sich, bevor sie sich niederließ, dem Sessel seitwärts und von links, und saß dann mit leicht angezogenen Beinen. Während der letzten zwanzig Jahre im Haus hatte sie wohl keine Minute der Langeweile oder Einsamkeit gekannt: auch die Art, wie sie schwerlidrig die Augen schloß, kam von ihrer Herrin.

Und doch hatte er, der so an Dienstleistungen gewöhnt war, sich einmal verweigert. Zwei Schifahrer standen hintereinander auf dem steilen Pfad und wollten, daß er ihnen die Schier trage. Er stand unter ihnen auf der Straße. Der Schnee bildete einen leicht ausgefransten Saum am bräunlichen Asphalt, mit einem schmalen Vorsprung ausgehöhlten Eises. Während man zu ihm redete, trat er mit der Fußspitze die brüchige Kruste ab, die sich in kleine rundliche Stücke auflöste. Daß man ihm – er war siebzehn Jahre alt – Geld anbot, ließ ihn zusammenzucken, als habe man ihm mit einem Hieb die Kleider vom Leib geschnitten und er stünde nun nackt da. Die

Raserei packte ihn mit einer unsagbaren Wucht. Er fing an, die beiden Schifahrer zu beschimpfen, die dabei mit den Schiern auf der Schulter stehen blieben, vorn der Mann, dahinter die Frau, die starr geradeaus blickte. Manchmal hob sie die Hand mit dem Schistock zum Mund. Die Beschimpfungen, die aus ihm kamen, wurden unkontrollierbar, ungeheuerlich: es mußte etwas gesagt werden, was nie mehr ungeschehen gemacht werden konnte. Die Mitschüler standen neben ihm, mit hängenden Armen. Vorübergehende berichteten dann im Kinderheim von dem Vorkommnis, und am Abend mußte er sich nackt ausziehen und wurde mit Ruten geschlagen. Zuvor, am Spätnachmittag, schickte man ihn die Ruten sammeln. Von weitem sah er Spaziergänger die verschneite Abkürzung hinansteigen, einer hinter dem anderen. Er wählte Haselzweige und die langen, soliden, feinen Zweige der Birken, die er schälte und dann unter der Achsel anwärmte, in der Hoffnung, so würden sie weniger einschneiden. Man band den Entkleideten fest, bog ihn zurecht. Obwohl er an den Schmerz gewöhnt war, schrie er doch auf, sooft man die Ruten wechselte. Dann zwang man ihn, die Gerten, mit denen er geschlagen worden war, an die Lippen zu führen, wobei das dünne Holz an seinem Mund anzuschwellen schien. *Kiss and be friends.*

V

Vor dem Verlassen der Mansarde noch ein Blick zurück, um sicher zu sein, daß keine Spur blieb. Zwischen Spiegelschrank und Bett war genug Platz zum Ausbreiten der Arme. Der Fußboden, das Bett: alles war in Ordnung, es hätte auch der Raum von irgendjemand anderem sein können. Nirgendwo, weder in den zwei Koffern noch im Schrank, hätte man etwas gefunden. Er hatte sorgfältig aufgeräumt, gekehrt, jede Spur beseitigt? Er bückte sich dann doch nach dem Stückchen eines zerbrochenen Asts, ähnlich jenen, wie sie aus den Apparaten spritzen, mit denen der Baumschnitt zerstoßen wird. Einen Augenblick vorher noch hatte der Ast all seine Zweige ausgebreitet, ein Arbeiter hatte ihn in das Loch der länglichen Maschine gezwängt, die nach vorn geneigt dastand und auf zwei Rädern schütterte, und am anderen Ende stob eine Wolke aus Holzsplittern hervor. Ein kleiner Druck, und der Ast war verschlungen, fast zugleich sein Zweigwerk verschrotet, mit einer gleichmäßigen Geschwindigkeit, wie dick das Holz auch sein mochte.

An dem winzigen Holzstückchen war noch die glatte Rinde dran. An einem Ende war es nicht scharf abgeschnitten, sondern zerrissen wie durch einen Prall. Nach den Züchtigungen seinerzeit hatte man ihn gezwungen, ähnliche Stückchen aufzusammeln, die er durch die Tränen kaum sah. Ein Satz von Swinburne kam ihm in den Sinn: »Herberts Blick ging zur Hinrichtungsstätte, und der seiner Schwester nahm die gleiche Richtung und fiel auf die Spuren der Züchtigung.« Er schloß die Augen und schob mit der Handfläche all das von sich weg, was da auf ihn zuzukommen schien; es war, als ob man innerlich verbrannte. Unfähig zu einer Geste setzte er sich auf das Bett. Wenn man sich nur zusammennähme, hätte man die kräftige Illusion, ein anderer zu sein. Eine Füllfeder nehmen, sich auf einen Stuhl setzen, den Schrank öffnen und schließen, eine Treppe hinaufsteigen. Bücher verhülfen ihm wenigstens dazu, ein Bild von sich selber zu bekommen. Aber fast all seine Bücher hatten sich aufgelöst, waren auseinandergefallen, zerrissen. Er nahm vom Wandbrett die Märchen, die er sich einst an einem sehr hochgleisigen, windigen, überfüllten deutschen Bahnhof gekauft hatte. Ein sehr kurzes, auf einer einzigen Seite stehendes Märchen, das er noch nicht gelesen hatte, ließ ihn aufmerksam werden. Die Lektüre zerstreute vielleicht ein bißchen die Angst vor sich selber: vor dem Wiedersehen mit den eigenen Spuren vom Vortag mitsamt dem nichtssagenden Spiegel. War es der Titel, der ihn aufmerken ließ?:

DAS EIGENSINNIGE KIND

»Es war einmal ein Kind eigensinnig und tat nicht, was seine Mutter haben wollte. Darum hatte der liebe Gott kein Wohlgefallen an ihm und ließ es krank werden, und kein Arzt konnte ihm helfen, und in kurzem lag es auf dem Totenbettchen. Als es nun ins Grab versenkt und die Erde über es hingedeckt war, so kam auf einmal sein Ärmchen wieder hervor und reichte in die Höhe, und wenn sie es hineinlegten und frische Erde darüber taten, so half das nicht, und das Ärmchen kam immer wieder heraus. Da mußte die Mutter selber zum Grabe gehen und mit der Rute aufs Ärmchen schlagen, und wie sie das getan hatte, zog es sich hinein, und das Kind hatte nun erst Ruhe unter der Erde.«

Er stand auf und war dann wie gelähmt, starr und steif Rumpf und Beine. Er war entschlossen, nur noch gerade vor sich hinzuschauen. Beim Gehen versuchte er, die Füße möglichst nicht ganz aufzusetzen, um die eigene Gegenwart nicht zu bemerken. Um nichts in der Welt durfte er dabei überrascht werden, ER-SELBST zu sein. Käme man in die Mansarde und klappte da das Dachfenster auf, so fände man auf dem Dach nichts als

ein paar sehr dünne, noch nicht verwelkte Birkenzweige, die wohl der Wind von den nahen Bäumen gerissen haben mußte.
Als er die Treppe hinabstieg, lastete eine ungeheuerliche, geradezu lachhafte Hitze auf den Dingen. Die Türrahmen dehnten sich wie in den alten deutschen Eßräumen, den Etagenzimmern oder Treppenhäusern, mit der hell angestrichenen Holztäfelung, hier und da schwärzlich-fingernagelgroß abgeblättert. Solche Einzelheiten waren jedesmal verläßlich das erste, was ihm beim Betreten von Räumlichkeiten auffiel: wie auch jene verglaste Türe mit dem schlingmusterverzierten, weißbemalten Holzgiebel darüber, welchen er im Sitzen mit erhobenem Kopf anstarrte. Aus den Augenwinkeln sah er, wie jemand aus der Familie auf ihn deutete und sich zugleich mit dem Finger an die Schläfe tippte. Von weither durchdrang die Mauern der beharrliche Ton einer Polizeisirene. Die Straßen waren leer. Er fürchtete den Blick der Leute, vor dem man an sich hinunterschauen mußte, so als gäbe man alles zu.
Dann tönte die Sirene nicht mehr – seit wann? Er hatte ein bestimmtes Ziel: eine Böschung, ein bißchen über dem Fluß, mit sehr hohem Gras und Pappeln. Deren Blattwerk blinkte und drehte sich im leichten Wind. Ein breiter heller Weg führte da hin, zwischen verfallenen Gärten. Hier

im schattigen Gras würde er den *Anton Reiser* lesen.
In der geraden Straße drehte sich das blaue Signallicht des Polizeiwagens geräuschlos um sich selber. Niedrige, rotziegelige Gebäude folgten aufeinander, mit Rasenstücken davor, auf denen Kastanien wuchsen. Aus einer der grün bemalten Eingangstüren, an denen ebenfalls grün bemalte Leisten die Verglasung schützten, trat eine dichtgefügte Gruppe von Gendarmen und Frauen. Zwischen zwei Beamten, ein wenig ihnen voraus, ging schief ein blonder junger Mann, fast auf den Absätzen, nach hinten geneigt. Er ließ sich schieben und unterhaken und setzte dabei die Schritte gleichsam noch einmal so wie in der Kindheit, hielt zugleich das Gesicht geradeaus, so als fühlte er die Umrisse; die Augen waren groß und starr. Er mußte den kurzen Weg zwischen den Rasenstücken zurücklegen, der mit kleinen runden Ziegeln gesäumt war. Diese standen senkrecht empor, genauso wie vor der Verhaftung. Die Polizisten gingen schnell hin zum Auto, mit ihm zwischen sich. Im Einsteigen stolperte er und blickte dabei auf die Umgebung. Türenschlagen, Abfahrt, Sirenengeheul. Mit einem Schlag schienen die Zuschauer sich aufzulösen, zu erschlaffen. Sie wurden befallen von Langeweile. Diese Festnahme hatte er schon immer gesehen, er sähe sie allezeit. Dem jungen Mann

war er vielleicht schon begegnet. »Vorher und Nachher«: und das Äußere blieb immer gleich.

Man war sehr schnell aus der Stadt heraus. In manchen Wohngegenden waren Zungen von Land übriggeblieben, das, wenn auch umgeben von Zäunen oder Mauern, flächenweise noch wie früher war. Seine Schritte schütterten im Kopf. Er bewegte beim Gehen nicht die Arme. Was hatte der junge Mann getan? Vielleicht war er überrascht worden, und er hatte dann gemordet, damit man nicht gegen ihn zeugen könnte, ähnlich jenem Sechzehnjährigen, der die alte Dame umgebracht hatte, weil sie ihn in seinem Zimmer überrascht hatte, laut Zeitung »ein schmächtiger, schüchterner Junge mit einem Engelsgesicht«. Eine halbe Stunde lang stürzte er sich immer wieder auf das Opfer, schlug mit einer Flasche auf es ein und schnitt ihm schließlich mit einer Scherbe die Kehle durch.
Zu dieser Tageszeit konnte man hier gehen, ohne gemustert zu werden; und außerdem hatte man heute, wegen des jungen Mannes, das Glück, nur ein Passant unter anderen zu sein – jedenfalls nicht *derjenige* zu sein. Und plötzlich kollerte und sprang jenes schöne schwarze Aktenköfferchen, neu, aus glattem Leder, wieder von Stufe zu Stufe die Rolltreppe herunter. Bei jedem Hüpfer erschienen deutlich die Verschlüsse und

der Griff in der Mitte. Die meisten Fahrgäste wichen unwillkürlich aus, um ihn vorbeizulassen; ein paar freilich versuchten, ihn aufzuhalten. Bei jedem Aufprall sah man ihn mehr zerdrückt, mit neuen hellen Schrammen. Unten öffnete sich das Köfferchen und stand dann auf beiden Flanken da, wie ein Dach. Jetzt blickten sich die auf den Stufen Stehenden alle nach dem Besitzer um. Es war deutlich der junge Mann ganz oben, erkenntlich auch an seinen großgewordenen Händen. Als er das Köfferchen dann nahm und hastig, nur mit dem Finger, die Dellen zu begradigen versuchte, erschien jede Geste isoliert, ohne Zusammenhang, so als würde sie photographiert. Er legte den Koffer hin und packte seine Sachen ein, eine nach der anderen, während die wechselnden Passanten am Fuß der Treppe ihm zuschauten. Er aber litt es, gesehen zu werden. Er wurde nicht unkenntlich. Gesicht und Körper zerfielen nicht vor Scham. Er warf sich nicht auf die Zuschauer.

Hinter den letzten Häusern wurde die Stadtstraße zur Landstraße. Es gab keine Gehsteige mehr. Die Straße lief um eine sanft gerundete Kuppe herum; von dort hatte er sein Ziel vor sich.
Vor einem kleinen Ziegelhaus drehte sich lautlos das Signallicht einer Ambulanz. Er ging hinüber auf die andere Straßenseite, dicht am Rettungs-

wagen vorbei. Dieser war das letzte Modell, sauber, in Schuß. Er hatte keine Mattschliffscheiben; Weiß und Silber herrschten vor. Verchromte Hebel, an denen man gern herumhantiert hätte, waren angebracht über einer Sauerstoffflasche, ähnlich jenen in Werkstätten. Unversehens begegnete sein Blick jetzt dem des anderen, der da allein in dem Ambulanzwagen lag, wartend. Einen winzigen Moment lang – bevor er ihn tatsächlich wahrnahm – hatte er etwas Unpassendes, Schrumpeliges, der Harmonie des Metalls Widersprechendes gesehen: eine rotfleckige, faltige, runzlige Haut. Erst unmittelbar danach erfaßte er das Gesicht, und die Augen, die ihn betrachteten, mit den geweiteten Pupillen; und dieses Schauen da forschte, bis auf den Grund, die Gesundheit dessen aus, der zurückschaute. Beschämung, daß man nicht dieser Kranke unter der Decke war, der doch *genauso ein Körper war wie man selber*: »unser beider Grundlosigkeit!« Ein Schaudern, ein Abwenden der Augen. Unerklärlicher Zufall, daß man nicht jener Kranke war; und wieder einmal, ruckhaft, die Empfindung, nur zufällig der zu sein, der man war. Manchmal, wenn der Blick sich über eine glatte oder auch rauhe Fläche bewegte, stockte er plötzlich bei einem Augenpaar: dann drang etwas in einen ein, eine Linie, die fast bis hinten ins Rückgrat ging. Erschienen nicht auf einer Photographie, auch wenn diese schwarzweiß war, die Augen immer braun, farbig?

Die ehemalige Putzfrau im Waisenhaus bewohnte dann einen bräunlichen Barackenbau, mit einem Fenster hinaus zum Pfad an der Eisenbahnböschung. Man konnte sich da ebensogut von außen aufstützen wie von innen. Während sie mit ihm redete, saß sie drinnen auf einem Stuhl, und er stand draußen im Freien, die Hände auf dem kleinen Tisch, an dem sie saß. Die Augen gewöhnten sich immer erst nach einiger Zeit an die Düsterkeit in den entfernteren Winkeln des Zimmers. Durch das eine Fenster ging der Blick auf das Fenster und die Tür in der gegenüberliegenden schmalen, dünnen Wand, hinaus auf einen Hof, dessen Boden aus festgestampftem Kohlenstaub bestand. Der Hof war umgeben von einem sehr kräftigen Grün; im Sommer erfüllten die Rosensträucher die Baracke mit einem beständigen Duft. Die Nase der Frau war von Krebs befallen. Man schaute ihr immerzu in die Augen, um die zu kurz gewordenen Nasenflügel zu übersehen, die dünn waren wie zwei Membrane, um zwei weite Öffnungen, deren Rot die ganze Nase erfüllte.

Am Horizont neigte sich der Himmel tiefer herab als erwartet; an seinem Ende stand der helle Zwischenstreifen der großen Räume. Von vager Unruhe erfaßt, ging er schneller: etwas hatte sich verändert an dem Weg zwischen den Gärten, über dem es von Hitze flimmerte. Ja, wo kurz und struppig die Pappelkolonie gestanden hatte, war die Erde frisch ausgehöhlt und bildete eine von Autoreifen zerschnittene Fläche: gelbliche Furchen zwischen Geröllhaufen, von teichgroßen Pfützen unterbrochen. Weit weg, auf der anderen Seite, war der Aushub gesäumt von Bäumen, die er nicht wiedererkannte; näher, zur Linken, als jäher Einschnitt, war ein Überhang dunkler Erde, durchsetzt mit Wurzeln, der wie ein Sims den Gelbsandschichten auflag.

Er stand geblendet, und Atemnot ergriff ihn: daß man ihm »seinen« Naturort genommen hatte, bedeutete »Tötung«. Trotzdem meinte er, noch etwas von dem Schattenspiel der Pappeln im Gras zu spüren: es war immer noch der frühe Morgen, oder der späte Nachmittag, oder sogar der grelle Mittag, der Schatten verging nicht. Man trat unter die Bäume wie in einen Zukunftsnachmittag ... Und jetzt war nur noch ein heller, tyrannischer Himmel übrig, schattenlos. Er hielt sich den Kopf und brüllte los; es war mehr als bloß ein Weinen. Nebenan lagen die Pappelstrünke übereinander, gekrümmt, mit scharfen Rissen, in unordentlichen Haufen, kaum ein Schaft dem anderen angepaßt. Er fing auf dem Pfad zu laufen an, jetzt erstaunt darüber, daß tatsächlich Leute gekommen waren, über diesen Ort entschieden hatten, Bulldozer geschickt hatten. Man hatte die Erde ausgehoben, und er hatte nichts davon mitgekriegt. (Und zugleich empfand er etwas, das er sich kaum eingestand: er war stolz, dieses Stück Land überlebt zu haben!) Die Hitze drückte immer mehr, wurde fast stofflich, und er hatte keinen Ort mehr vor sich. Es gab keine Stätten mehr, wo er in der Not Zuflucht fände. Von jetzt an würde er irgendwo öffentlich herumstehen müssen, in Postgebäuden oder Bahnhöfen; früher oder später würde man ihn nach der Fahrkarte fragen.

Der Weg wurde zu einer kleinen buckligen Asphaltstraße, die unmittelbar dem Erdreich auflag. Gras und junge Bäume, mit glänzenden Teerspritzern bedeckt, standen vom Asphalt umschlossen. Auch in die Mansarde konnte er nicht zurück, wo er den Spiegelschrank wiedersähe, das Bett, die Birkenzweigstücke auf dem Fußboden. Gerade jetzt mußte die Hitze dort unerträglich sein.

Der Ambulanzwagen war schon weit weg. Der Kranke darin faßte es wohl nicht, daß gerade seine Person es sein sollte, die da ausgestreckt auf der Straße dahingefahren wurde. Sein vorangegangenes Leben galt noch, aber er, der sich

bereits auflöste, mußte erst nachdenken, ehe er sich überhaupt erinnerte.
Der LKW-Lärm hinter ihm wurde stärker. Er drehte sich eigens nicht danach um: als könnte man die Wagen so loswerden. Er mußte auf die Böschung, um sie passieren zu lassen. Mit vergitterten Scheinwerfern fuhren sie vorbei, staubgrau, schotterbeladen. Die Lenker saßen hoch oben und hielten den Volant mit beiden Händen, das Gesicht geradeaus. Ein halbes Dutzend Kipper folgte dröhnend aufeinander, dahinter wirbelnde weiße Staubwolken; eine feine Schicht lag schon auf der Landschaft. Drohte ihnen niemand mit der Faust? – In dem Getöse hörte man nicht einmal den eigenen Schrei.
Eine Straße führte vorbei an dem Garten des Elternhauses, welcher so groß war, daß er auf zwei ganz verschiedene Umgebungen ging: hinter der Villa wurde aus dem Garten nach und nach der Wald, und vorn verlief die Straße, mit großen Pflastersteinen, glatt und muldig geworden, wo der Wind Sandzungen ablagerte. Auf der anderen Seite erstreckten sich die Schrebergärten bis hin zu den Rübenfeldern, die in den Horizont hineinführten. Weit weg stand der Glockenturm des Dorfes, von dem manchmal, verdünnt durch Entfernung und Wind, das Katastrophenhorn hörbar wurde, worauf man nach einem Schein in der Ebene Ausschau hielt. Ein schwarzer Merce-

des mit Schiebedach fuhr auf der Straße vorbei, mit zwei SS-Leuten darin: von hinten zwei schwarze rundliche Mützen, umwölkt von Staub; darunter die zwei glänzenden Kotflügelbögen. In dem an der Straße gelegenen Teil des Dorfes wurde ein Mann festgenommen. Er war Kommunist und wohnte in Prahlsdorf in einem jener niederen Häuser, die, eins ans andere gebaut, quer zur Straße standen, mit winzigen Vorgärten; die offenen Türen bildeten tiefschwarze Rechtecke, aus denen erst nach und nach die Umrisse der Gegenstände traten. Er hatte eine Frau und ein schon großes Mädchen. Seit der Festnahme blieb die Tür geschlossen, obwohl es Sommer war. Der zweiteilige Vorhang hinter dem einzigen Fenster hing ohne Bewegung. Auch die Kinder bekamen etwas mit von den umlaufenden Gerüchten. Wenn sie die Gemischtwarenhandlung betraten, verstummte man; aber sie verstanden doch immer die letzten Worte. Die Krämerin holte mit ungewohnt raschen Gesten die Bonbons aus den großen zylindrischen Glaspokalen, mit den gleichfalls gläsernen Deckeln, die obenauf einen Abhebeknopf hatten. »Wie es heißt, werden sie geschlagen«, hörte er, und sah unverzüglich riesige quadratische Kahlschläge inmitten von Kiefern, deren dreieckige Spitzen sich vom Himmel abhoben. Vom Zugfenster aus sah man die geraden Schäfte, deren einer den anderen verdeckte, eine Unzahl von Senkrechten, hinter denen von neuem sich ein weites Moorland erstreckte – wonach wieder der Wald kam. »Wie es heißt, werden sie geschlagen.« Es war ein widerwärtiger Gedanke, daß auch Erwachsene auf die gleiche Weise bestraft werden konnten wie man selber. Sehr viel später bekam er unscharfe Photographien zu Gesicht. Er versuchte, woandershin zu schauen oder nur den Stamm und die Äste des Baumes anzublikken, woran mit ausgebreiteten Armen der Verschleppte hing.

Tannen, die übereinandergestürzt waren, die Stämme schräg durcheinander, die Wurzeln als breite runde Stümpfe in die Luft ragend, mit dunkler Erde dran; in den Löchern das stehende braune Wasser, in dessen eisige Tiefen man bis zu den Oberschenkeln einsank: jene Fluchten im Wald, auf Lichtungen zu, mit den überhohen Wurzelstöcken im Nebel, bis zur endgültigen Erschöpfung; und das rauhe Reisig, auf immer mit der Hand verknüpft.

Nach einem leichten Knick stieg der Weg geradlinig einen der recht niedrigen Hügel hinan. Er kam auf ein großes Plateau; die Stadt lag schon in der Ferne. Sehr hohe Wolken zogen. Die Ebene streckte sich weithin, und die Hand wanderte den Horizont ab. Der Atem wurde ruhig und gleichmäßig. Das Bedürfnis erfaßte ihn – eine Sehnsucht am ganzen Körper –, unter den Leuten zu sein: sich in der Menschenmenge zu befinden, welche die Fußgängerstraßen der wiederaufgebauten deutschen Städte bevölkerte, mit den großen Pflastersteinen und den Schaukästen am Rand, die etwas von Freiluftmöbeln hatten; an den Mündungen die Eingänge der Warenhäuser, wo im Hintergrund die Lampen brannten, mit einer anderen Helligkeit als die Sonne draußen.

Im Schließen der Augen glaubte er den Zug durch die Ebene rollen zu hören, mitsamt dem Knattern der festgehakten braunen Vorhänge im Luftstrom. Es war eine Beruhigung, inmitten des fremden Landstrichs mit den kahlen Felsen und der spärlichen Vegetation den vertrauten Vorhang flattern zu sehen.

Manchmal bei so einer Rückkehr, wenn Einsamkeit und Traurigkeit den Atem nahmen, ging er zu dem Bahnsteig, von dem der Zug nach Kopenhagen abfuhr. Die rechteckigen, ölfarbengelben Schilder, an den grünen Metallflanken der Waggons, rotbeschriftet, beidseits mit Handgriffen zum Umdrehen, würden also einrollen in den fernen, vertrauten Bahnhof mit der ihn ganz überwölbenden Glaskuppel und all den Zügen

und dem Lärm der Dampfdüsen, den Pfiffen, den schlagenden Türen und den Lautsprecheransagen: Stätte der abgebrochenen, nicht zu wiederholenden Kindheit.
Ja, das schlimmste war vielleicht dieses Vorbeifahren der Züge in der Ferne. Die Horrorphotos, die man nach dem Krieg zu sehen bekam, blieben ihm dagegen gleichgültig. Das einzige davon, das ihn erschreckte, zeigte einen kahlköpfigen Häftling, der vor einer Baracke in der Sonne saß. Seine Glatze leuchtete, genau wie sie auch in einem plüschenen Innenraum geleuchtet hätte, einem Teesalon. Beim Betrachten des Mannes, der früher Dentist oder Rechtsanwalt gewesen sein mochte und sich da in der Sonne wärmte, stellt man sich unwillkürlich einen Sonntag vor. Vor der Deportation hatte er Mantel und Krawatte getragen, in Zügen und in Restaurants gesessen. Die Bildunterschrift besagte, er sei kurz darauf in die Gaskammer gekommen – und doch waren die Bretter hinter ihm, von der Sonne beschienen, die Bretter von gestern und morgen, und man konnte mit der Hand drüberstreichen.

Er näherte sich wieder der Stadt. Unterhalb der Straße lag eine verwilderte Rasenfläche, ein Sportplatz, an dessen zwei Enden noch die Torgerüste standen. Unter dem abblätternden weißen Anstrich erschien schon wieder das graue

Holz. Mit diesen beiden geometrischen Gebilden, die einander gegenüberstanden, begann, mitten im freien Feld, die Stadt, von der man sich aufgenommen und beschützt fühlte. Und von dieser Stadt konnte man, im Auto oder im Zug, weiter zur nächsten.

Er stieg hinab und befand sich unversehens im hohen Gras, welches schimmerte und geradezu kühl war. Ein Busch warf einen Schatten: da ließ er sich nieder, und sofort verwandelten sich Unrast und Unruhe der Hitze in Frieden.

Er nahm den *Anton Reiser* aus der Tasche. Die mit Bleistift unterstrichenen Passagen darin las er immer wieder. Er liebte dieses fast zweihundert Jahre alte Buch mehr als alle anderen; es erzählte, sehr genau, eine Geschichte, die er dabei als die eigene erkannte. Anton Reiser, »von der Wiege an unterdrückt«, Waisenkind zu Lebzeiten seiner Eltern, ist ein Heranwachsender, der aus christlicher Nächstenliebe gekleidet und ernährt wird von gutmütigen Hannoveranischen Bürgersleuten, wofür er diesen in einigem zu Diensten sein muß. Überzeugt, ein Auserwählter zu sein, der zu Außerordentlichem bestimmt sei, erlebt er eine Demütigung nach der anderen. Unaufhörlich zurückgestoßen (oder es sich auch bloß einbildend), ständig in einem Maße verletzt, daß ihm bei der kleinsten Tonfalländerung einer Stimme am ganzen Körper der Schweiß ausbricht, lebt Anton Reiser in einem Wechsel von Verzweiflung und Überschwang, woran das Dauerhafte einzig der Wechsel ist. Auf offener Straße Wasser oder Wollebündel zu tragen, das sind für ihn Tätigkeiten, bei denen er sich »wie unter den Boden gedrückt« vorkommt. Was andere nicht einmal anrührt, ist für ihn eine tödliche, sich nie mehr schließende Wunde der Scham. Unfähig zum Haß, nichts so sehr liebend wie die Poesie und das Theater, hält er sich selber, in Anbetracht seiner plumpen Kleidung und der ihm hier und da vorgesetzten demütigenden Gratismahlzeiten, für unwürdig der insgeheim gehegten Illusionen. »Wenn er auf der Straße ging, und die Leute mit Fingern auf ihn zeigten, und seine Mitschüler ihn verspotteten, und hinter ihm her zischten, und Gassenbuben ihre Anmerkungen über ihn machten – so biß er die Zähne zusammen, und stimmte innerlich in das Hohngelächter mit ein, das er hinter sich her erschallen hörte. –« Er sah ihn vor sich, übergroß für sein Alter, weich und verwirrt, mit zwanzig immer noch wie ein Fünfzehnjähriger. Jede der kleinen Begebenheiten des Buchs empfand er deutlich, mit den zugehörigen Farben, mit den Wolken am Himmel. Er wußte, wie Anton sich verhielt nach einer Demütigung; er war genauso im Zentrum wie die Figur des Karl Philipp Moritz. Das Wunderbare beim Lesen war es, bis in die kleinsten Alltäglichkeiten hinein jemand sein zu können, der schon von einem anderen verkörpert worden war: von jenem anderen, den er nicht gekannt hatte, und der ihm vorangegangen war, *als* er.

Ein Bild des Wohl-Seins: die glatten Gehsteige am Saum einer großen Stadt, und der Schein dieser Stadt nachts in der Ferne. Im orangenen, beinahe ockerfarbenen Himmel flammen die Leuchtreklamen auf, helle, regelmäßige Flächen, rote und blaue Parallelen. Der Körper wurde leicht bei dem Gedanken, daß es da unten die schützenden großen Städte gab, mit dem Rauschen der Autos überm Asphalt, der Trockenheit der Straßenteile. Aber dann wieder sah er sehr hohe Pappeln, wechselständig, die sich hinzogen bis zum Horizont. Die Weiden waren überschwemmt, die Nacht senkte sich herab. Die ganze Ebene war unter Wasser, aus dem nur die Stämme der Pappeln und manche Pfähle herausragten. Hin und wieder erglänzte momentlang ein Licht zwischen zwei Stämmen, die dann jäh deutlich wurden, und verglomm wieder, wurde ein heller Fleck und verschwand ohne Wiederkehr.

VI

Jedesmal erhoffte er sich draußen im Freien eine Geborgenheit, die er dann doch kaum wiederfand. Der Hang, an dem er saß, störte ihn; unablässig streckte er die Beine aus und zog sie an sich. Wenn der Wind wechselte, wurde in der Ferne das Stadtrumoren hörbar. An den Steigen und Pfaden, die zu dem Sportplatz führten, stand hoch das Gras und bildete dazwischen Rinnen. Fast immer, wenn er das Buch in die Hand nahm, öffnete es sich in der Mitte, an derselben Falzstelle, und er las von neuem jene Zeilen, die genauso gut von ihm sein konnten: ». . . *die Eingeschränktheit des einzelnen Menschen ward ihm anschaulich.* Er fühlte die Wahrheit: man ist unter so vielen Tausenden, die sind und gewesen sind, nur *einer.* Sich in das ganze Sein und Wesen eines andern hineindenken zu können, war oft sein Wunsch – wenn er so auf der Straße zuweilen dicht neben einem ganz fremden Menschen herging – so wurde ihm der Gedanke der *Fremdheit* dieses Menschen, der gänzlichen *Unbewußtheit* des einen von dem Namen und Schicksalen des andern, so lebhaft, daß er sich, so dicht es der Wohlstand erlaubte, an einen solchen Menschen andrängte, um auf einen Augenblick in seine

Atmosphäre zu kommen, und zu versuchen, ob er die Scheidewand nicht durchdringen könnte, welche die Erinnerungen und Gedanken dieses fremden Menschen von den seinigen trennte. –«

Auch er hatte sich gerade ja sozusagen an den Ambulanzwagen »angedrängt«; es hatte ihn getrieben, den Raum jenes anderen Körpers einzunehmen, und alle Gegenstände so zu erfassen, als sei er der andere. Jenes verletzte Pferd werden, welches er vor dem Ponte della Trinità in Florenz damals liegen gesehen hatte, auf dem kleinen Übergangsstück zwischen Straße und Brücke! Ein Stück der Deichsel stak ihm in der Flanke, als riesiger Splitter. Sooft das Pferd, in beinah regelmäßigen Abständen, sich streckte und ausschlug, klapperte, mit einem hohlen Geräusch, das Deichselstück auf dem Pflaster. An dem sonst rötlichen Tier zeigte sich, unter dem aufgereckten Kiefer, eine schwarze Mulde. Über dem Brückenbogen war der Himmel blau; Nachmittag, mit den Terrassen jenseits des Flusses. – Der zum Tod Verurteilte stand zwei Schritte von der Guillotine und schaute, zwischen den Pfosten durch, dem Henker ins Gesicht; aber schon einen Millimeter von ihm weg antwortete *nichts* auf seinen Schmerz und sein Grauen.

Er las, wie Anton Reiser mit einer großen Menschenmenge draußen vor den Toren von

Hannover der Hinrichtung von vier Missetätern zuschaute. Erstaunlich, daß Reiser dabei doch einzig die Nichtigkeit des Menschen empfand, ohne etwas von dem Grauen der Exekution zu erwähnen. Er bewegte sich inmitten der Leute »hinaus und sah nun vier darunter, welche aus der Zahl der übrigen ausgetilgt und zerstückt werden sollten«. Jene Passage ein paar Seiten später hatte er mit Bleistift unterstrichen und auswendig gelernt: »Er stand oft stundenlang und sah so ein Kalb mit Kopf, Augen, Ohren, Mund und Nase an; und lehnte sich, wie er es bei fremden Leuten machte, so dicht wie möglich an dasselbe an, oft mit dem törichten Wahn, ob es ihm nicht möglich würde, sich nach und nach in das Wesen eines solchen Tieres hineinzudenken – es lag ihm alles daran, den Unterschied zwischen sich und dem Tiere zu wissen – und zuweilen vergaß er sich bei dem anhaltenden Betrachten desselben so sehr, daß er wirklich glaubte, auf einen Augenblick die Art des Daseins eines solchen Wesens empfunden zu haben.« In jenem kurzen Moment, da sein Blick sich mit dem des alten Mannes in dem Ambulanzwagen getroffen hatte, hatte er diesen Alten verkörpert; mit einem Ruck hatte er im Raum den Platz des Sterbenden eingenommen. Vielleicht erschaute man die Gesichter der Passanten einzig mittels eines solchen Augenblicks, durch den erst man jählings wissen konnte, wie sie existierten, wie es war, »sie« zu sein: jener Augenblick erst *schuf* die Gesichter.

So auch hatte er, vierzehn Jahre alt, Dosithée, einen alten Dörfler, sterben sehen, in seiner Hütte auf der grasbewachsenen Bergflanke, die übersät war von mächtigen Steinbrocken; diese waren von der Felswand gestürzt und nach und nach im Erdreich versunken.

Dosithée lag auf dem sehr hohen Bett unter dem Schindeldach, sichtbar im Profil. Der Betrachter, der dastand, mußte förmlich zu ihm emporblikken; seine Wangen bliesen sich gleichmäßig auf und fielen dann wieder zusammen. Und plötzlich ein heftiger Schmerz: wenn doch nur die Erinnerung an all die Landstriche, die dieser andere da gesehen hatte, bestehen bliebe! Könnte man doch die Momente, die er erlebt hatte und die ihm als einzigen bekannt waren, neu erleben! Der Tod des anderen erschien ihm da als ein Verarmen der Welt: Inbilder, die niemals wiederkehren würden.

Dieses Sterben – Dosithées Tod geschah am selben Abend – kam ihm ein paar Jahre danach wieder in den Sinn, als er in Pontoise in seiner gewohnten Straße die Gruppe der Gefangenen beim Schneeschaufeln sah. Es war ein grauer Morgen; über dem Horizont ein Streifen von der aufgehenden Sonne. Er starrte auf die Kleider, die sie trugen: auf die grünlichen Jacken, die dabei doch »Zipfel« wie die üblichen Jacken hatten. Die Gefangenen waren *sichtbar*, sie hatten ein *Alter*, ein *Gesicht*. Der Wärter stand vor ihnen, schwarzgekleidet, leicht nach vorn geneigt. Und dann stellten alle sechs sich hintereinander und gingen im Gleichschritt wieder zum Gefängnis hinauf, das auf dem Hangscheitel lag. Jeder von ihnen war verurteilt worden, hatte sich leibhaftig vor dem Richter befunden, und dieser da stehende Leib war gemustert worden. Hätte nicht auch er so dastehen können, aller Welt sichtbar? Vertrauter Bilderangriff: nichts als Augen um ihn herum (keine -paare) – sein Gehüpfe trotz der gefesselten Handgelenke – an den Fußknöcheln die Empfindung (trotz der Tränen) vom Revers der Hose – und die gleichsam ohne sein Zutun sich einstellende Frage, ob die Gerte wieder dieselbe Stelle treffen würde.

Bilder-Steigenlassen, mit dem Finger im Buch. Eine Straße in Lille, Wintermorgen, Finsternis, schwache Laternenlichtkreise auf den Trottoirs, Rauhreif, Fensterladengeknalle, Lampenangehen in den Erdgeschossen, über die Wände laufende Schatten hinter den Glastüren der Werkstätten. Schon gab es »Passanten«, mehr und mehr, bei unveränderter Dunkelheit.

Die Traurigkeit hatte ihn hinausgetrieben, und

die immergleiche, bauchlastige Angst, jemand ganz und gar Mittelloser zu sein, eines Tages auf eine stumme, nicht mehr zu beschreibende Misere reduziert zu sein. Voll Verlangen betrachtete er die Fenster, hinter denen sich Schlafzimmer mit Teppichen, Nachttischen und Lampen befanden. Dann traten in der Straße die Fassaden aus der Dunkelheit und breiteten sich aus, eine nach der anderen, wie die Begrenzung eines Platzes. Ein Mann im Lederschurz erschien. Ihm nach kamen Pferde, ohne Zaumzeug, ohne Halfter, ohne Trensen, ohne Steigbügel, ohne Kandare. Sie waren aneinandergebunden und trotteten mit erhobenem Kopf. Er wußte sofort, daß sie unterwegs zum Schlachthof waren, und ging dann neben ihnen her, wie ein Kind neben einer Parade. Als sie jäh in eine kleine Seitenstraße bogen, blieb er stehen und schaute ihnen nach, wie sie mit den Schweifen schlugen. Jetzt tauchte hinter ihm noch so ein nacktes Pferd auf, mit einem ockerfarbenen, borstigen Fell, büschelweise glatt an den Körper gebürstet. Es galoppierte geradezu fröhlich, wobei es bei jedem Schritt die Beine nach vorn warf, und beeilte sich, die anderen einzuholen, die schon, Kruppe an Kruppe, weit hinten in der Straße waren.

Er schloß das Buch, behielt es aber in der Hand, wie um seiner sicher zu sein. Die lange Bretterbaracke hinter dem Sportplatz erschien in der Sonne fast weiß. Es war die verfallende ehemalige Umkleidekabine, von der aus noch ein anderer Pfad in die Stadt zurückführte. Er war hungrig und durstig. Die Tür zur Kabine war nur angelehnt. Drinnen war es dämmrig, jedoch gleich schwülwarm wie draußen. Der Raum war ohne Plafond; zwischen dem Dachgebälk und dem Boden aus gestampftem Lehm befand sich nichts außer einer Sitzbank, die in entsprechenden Knicken um alle Wände lief.

Unzählige Fußspuren waren in der grauen Schicht, die den Boden bedeckte, zu Kreisen gefügte Kieselsteine, mit Blättern oder Holzstückchen darunter; in den Wandbrettern mit dem Messer eingeschnitzte Löcher: Kinder kamen hierher zum Spielen.

Er horchte und trat wieder hinaus. Aber da war alles lautlos und leer, ein weißer Himmel, unter dem die Hitze drückte; und so ging er in die Baracke zurück. Um einen der Dachbalken waren zwei Seile geknüpft; die Knoten, eng nebeneinander, bauschten sich locker. Die Stricke reichten fast bis zum Erdboden, ihre Enden waren ausgefranst. Auf dem Boden zwischen den beiden Seilen waren die Fußeindrücke in der grauen Schicht aus feinem, flaumigen Sand tiefer als ringsum. Hier und da lagen Haselnußruten. Er hob eine auf: man hatte sie erst vor kurzem abgeschnitten und geschält; sie war zugleich biegsam und zäh; die Haut war noch glatt und hatte etwas von Seide. Er hielt sie waagrecht, ließ sie dann auf und nieder wippen. »Ich werde dich dazu bringen, daß du um Gnade bettelst!« Und da war auch noch die eigene Stimme von damals, mit einem Beiklang, in dem er sich nicht wiedererkannte, und den doch alle um ihn herum hörten: »Ich werde es nie wieder tun, ich werde es nie wieder tun« (mit der Betonung auf dem »ich« und auf dem »nie«). Man hatte ihn zur Schau gestellt, und ihm keinmal auch nur einen einzigen Schlag nachgelassen. Wie kam es, daß er das Bild seiner wöchentlichen Bestrafung hier in der Baracke wiederfand, gleichsam für ihn vorbereitet? Gab es denn immer irgendwo einen Ort, an welchem die Erinnerung sich zurückverwandeln konnte in die Tatsachen? Wie kam es, daß eine kleine Abweichung in den Tagträumen genügte, und die Vergangenheit sprang einen an? – Er hatte doch sofort gemerkt, war für Spiele hier gespielt wurden: an den Bleistiftinschriften auf den Barackenwänden, den vom Taschenmesser abgesprungenen Holzstücken – aber warum scheute er davor zurück, sie sich klar bewußt zu machen? Hatte er derlei Spiele nicht vor kurzem noch selber gespielt? Oder war das nur im Traum gewesen?

Immer von neuem hörten ihn seine Mitschüler

den kleinen Weg unterhalb des Kinderheims hinabsteigen: seltsam, dieses grünbuschige, weitgestreckte Laubdach, das ihn ihren Blicken entzog. (Nur die dunklen Tannen oben auf der Kuppe ragten daraus empor und verbargen die Berge dahinter.) Und unter der Bedachung hörten sie seine Geräusche, die auch von einem Pilzsucher oder einem Wanderer stammen konnten: hörten das Brechen der Haseläste, und sahen das Schwanken der Krone an einer Birke, der er die Zweige abriß. Aneinandergedrängt oben auf dem Balkon, von dem sie auch die Katze geworfen hatten, sahen sie ihn aus dem Wald herauskommen, versunken, die letzten Blätter vom Gezweig streifend oder die Haselgerte durch die Luft pfeifen lassend, um sich von ihrer Schärfe zu überzeugen. Sie waren fasziniert von seinem Gehorsam, reckten die Hälse nach den von ihm selbst gesammelten Zweigen, verwundert, daß er sie nicht präparierte, nicht anbrach, und warteten unbeweglich – wie lange dauert das denn noch? –, bis sie ihn unter den von ihm selbst geschnittenen Gerten aufschreien hörten. Wenn sie nicht zuschauen durften, stellten sie es sich eben vor: wie er sich in zwei teilte, und wie sie sich selber dabei ungewiß wurden. – Im Spiegel seiner Mansarde wiederholte sich dann dieses Schauspiel.

Er knöpfte sich das in der Hitze weit geöffnete Hemd sorgfältig wieder zu. Für einen kleinen Moment war es ein Wohlgefühl, mit den Knöpfen in die länglichen Spalten zu finden: dieser unscheinbare Sieg des Perlmutts über den Stoff beruhigte ihn jedesmal und gab ihm die Illusion von Kraft. Er knöpfte sich das Hemd ganz zu, trotz der Hitze. Dann meinte er plötzlich wieder, man hätte ihn von draußen beim Denken belauscht; vielleicht hatte er laut gedacht? Er öffnete die Tür und trat hinaus in die Sonne, die so grell war, daß alles weiß erschien, sogar die Schatten zwischen den Gräsern. Er entfernte sich von der Baracke wie irgendein Fußgänger. Der Boden war vollkommen flach, das Gras sehr kurz, mit in die Erde eingelassenen Zementblökken zwischendrin. Der Zement war alt, mit braunen Rostrinnen an den dunkelgrauen, ziemlich glatten Flanken. Überbleibsel von auseinandergeschweißten Stahlträgern ragten noch daraus hervor, mit den erstarrten Schmelztropfen am Metall. Hier und da standen ein paar Mauerreste. Birken mit ihrem winzigen Blätterwerk rauschten unablässig in der Sonne.

Mit vierzehn erfuhr er aus einem Brief seines Vaters, geschrieben auf dem graugelben Kriegspapier von 1942, vom Tod der Mutter. Sonst war der violette Zensurstempel auf den Briefen kreisförmig, zweigeteilt, mit einer römischen Ziffer im oberen und einer arabischen im unteren Teil, handgeschrieben. Diesmal aber war er rechteckig. Nicht vor Schmerz zuckte er da zusammen, sondern vor Beschämung. Sein ihm selber verborgener Blick, den aber die anderen sahen: nichts würde je wieder gut werden. Er stand da auf dem Fußboden wie alle Welt, vor einer Fenstertür, die auf einen Balkon hinaus ging, und war der Empfänger einer Todesnachricht. Man bemühte sich um ihn; einer der Mitschüler bot sich sogar überraschend an, ihm einen Knopf anzunähen. Man war übereingekommen, nett zu ihm zu sein. Beschämung, sich nicht auf der Stelle verkrümelt zu haben, stehengeblieben zu sein in der kurzen marineblauen Hose, wie wenn nichts wäre. An jenem Tag sah er unablässig seinen Körper um sich herum, mitsamt allen Umrissen; und er genierte sich, Hände zu haben, während jedermann doch wußte, daß seine Mutter tot war. Um seinen Kummer glaubhaft zu machen, hätte er sich, wie als Kind, vielleicht auf dem Boden wälzen, mit den Füßen um sich schlagen, etwas ausreißen sollen; aber das wagte er nicht mehr. Erfolglos auch versuchte er, sich die Mutter vorzustellen: der »Kummer« glückte ihm nicht. Nichts als eine pappige Empfindung, und eine gewisse Verzögerung der Gesten. Er kaute bedächtig, so als habe er keinen Hunger und schmecke das Essen gar nicht.

Dann, als er schon nichts mehr zu befürchten hatte, im September 1944, pflegte man ihn zu den Bauern um die Milch zu schicken. Die Flaschen, ausgewaschen und getrocknet, wurden ihm in den Rucksack gesteckt. Jede hatte ihren besonderen Korken, der nur in die eine Öffnung paßte und glänzend und schmal geworden war, ein Abbild des Flaschenhalses; darüber freilich immer noch breit und porös. Jede Flasche war verschieden: in der einen erschien die Milch bläulich, in der anderen grünlich. Sechs Liter Milch wurden gebraucht für das Kinderheim. Es war, mit dem Rucksack, von Gehöft zu Gehöft ein langer Weg, in den Bergen. Hinter den Weidehängen lag dann, jeden Tag gleich, das Bauernhaus. Er betrat die niedrigen Küchen mit den kalkgeweißten fliegendreckbetupften Balken, wo unter dem Anstrich alle Einzelheiten des Holzes, Fasern und Astlöcher, sichtbar geblieben waren. Die Bäuerinnen trugen immer die gleichen dunklen Kleider mit den hellen Blümchen darauf und nahmen das Wechselgeld immer aus einer würfelförmigen Weißblechschachtel, an deren runden Kanten die Farbe abgestoßen war.
Danach stieg er wieder den sonnseitigen Hang hinab. Regen und Schneeschmelze hatten große Schlammzungen hinterlassen, die teilweise unterm Gras versteckt waren. Mit dem Austrocknen war der Schlamm hart geworden; Schrittspu-

ren zeichneten sich darin ab wie in Lava. Ein bißchen weiter unten, hinter den Tannen, lag ein Bauernhof, der von einem frischen Braun leuchtete, so als lebte das Holz der Planken noch. An dem Holzgeländer, einer einfachen waagrechten Balkenkonstruktion, welche die obere Etage umlief, lehnte der junge Sohn des Bauern, mit den überlangen Händen und dem eigentümlichen Blick. Sie redeten miteinander; an ihm, der unten stand, zog der Rucksack. Sie waren gleich alt; und sein Blick hinauf kam jetzt durcheinander, er konnte den Blick nicht von dem Geländer abwenden, fassungslos darüber, daß der Bursche da oben nicht die geringste Anstalt traf, seine Erregung zu verstecken.

Die Landschaft entfaltete sich dann vor ihm ins Unendliche. Der ganze Mensch wurde erfaßt von der Freude, diese Berge und diese Wälder betrachten zu können, mit einem einzigen Augen-Blick. In der Ferne sank der Talboden weg, verlor sich in Bläue, und die Gipfel im Hintergrund tauchten in die Weite ein wie in das Meer. Und doch spähte er zwischendurch auf den Boden zu seinen Füßen, ob der ihn auch trüge. Wo waren nun die, deren Anblick ihn so oft hatte zusammenzucken lassen? Von Zeit zu Zeit blieb er stehen, in Sorge, beobachtet zu werden; der eigene Atem betäubte ihn, so daß er nichts sonst hörte. Dann wurde er ruhig: das ferne Geräusch eines Wasserfalls, und die Vögel. Er ging die Wiesen entlang, wo mit dem Sommeranfang unzählige hochstengelige Blumen aufgeblüht waren. Gegenüber stand der braune Tannenwald mit dem von Nadeln übersäten Boden. Eine Gewalt hielt ihn im eigenen Körper fest; bei einem bloßen Luftzug schauerte er zusammen. Er wagte nicht einmal mehr, sich anzufassen.

Er stieg den Abhang hinunter, bemüht, kein Geräusch zu machen. Die Empfindung des eigenen Körpers wurde immer heftiger; war kaum mehr auszuhalten. Keinerlei Bild mehr war zwischen ihm und dem Körper (oder die Bilder liefen so durcheinander, daß er ihnen nicht nachzugehen wagte). Und zugleich glaubte er schon den »Blitz der Bestrafung« zu spüren: die Knie berührten den Boden, die Lippen küßten die schmale Gerte. Er spähte zwischen den Baumstämmen durch und sah am Rand einer Lichtung, wo der Abhang sehr steil wurde, einen Fleck ziemlich dicken und weichen Mooses, von der Sonne leuchtend. Seltsam war der Anblick dieses Lichtkreises, des Himbeergesträuchs und der Schäfte mit den dunklen Zwischenräumen, so als sei da gar kein Abhang, sondern ein Flachland.

Er warf seine Kleider von sich. Trotz der Hitze trug er dicke »Norweger«-Hosen, aus grobem, dunkelblauem Stoff, mit Metallspangen an den

Knöcheln befestigt. (Mit seinen fast siebzehn Jahren wollte er keine kurzen Hosen mehr tragen.) Er legte sich auf den Boden. Dann sah er einen alten Bauern den Abhang herunter auf sich zukommen. Er kannte ihn nicht, und doch war ihm das Gesicht vertraut. Der andere war unrasiert, trug einen grauen Hut mit verblichenen, gewellten Rändern, ein kragenloses offenes Hemd und einen Rock aus schwarzem Drillich. Er sah den Blick des Bauern auf sich gerichtet und fühlte eine Lähmung in den Händen. Er griff nach dem Rucksack mit den vollen Flaschen, wobei die Finger die winzigen Filzfussel an den Schulterriemen spürten, und versuchte zugleich die Hose zu ordnen, die ihm die Füße fesselte. Die Neigung vor ihm war derart schroff, daß er zu stürzen glaubte. Er ließ sich fallen und rutschte dahin, sich immer wieder an den Baumwurzeln festhaltend, in sich das Bild von seinem Sturz die Felsen hinab und von dem Aufprall auf die Klippen, welche tief unten die Klamm abschlossen. Schändlicher Tod, mit der an den Knöcheln hängenden Hose. Die Flaschen im Rucksack zerbrachen, und die Milch füllte diesen wie einen Schlauch. Sie quoll allmählich durch die sich dunkel färbenden Stoffmaschen: dünne Rinnsale, in denen immer wieder weiße, durchscheinende Tropfen deutlich wurden. Die Glasscherben im Innern glichen durchsichtigem Kies.

Er leerte den Rucksack, ohne die darin haftenden Splitter ganz herausziehen zu können. Sein Oberkörper war immer noch nackt. Langsam stieg er wieder bergan, zog sich an Ästen weiter. Kam das Echo eines Schreis aus dem Graben oder schon von den jenseitigen Berghängen?
Der Bauer erwartete ihn wahrscheinlich irgendwo oben im Wald, am Wegrand; und so kehrte er erst bei Einbruch der Nacht in das Heim zurück. Von einer Strafe wurde für einmal abgesehen: er erzählte, er sei vor Pflichteifer in den Graben abgestürzt, er habe noch einen zusätzlichen Liter Milch besorgen wollen, von einem Hof an der anderen Grabenseite. Er weinte sogar und schrie, man behandle ihn als Sklaven, nütze ihn aus. Man war betroffen von seiner Ehrlichkeit, berührt von seiner Revolte, schämte sich vielleicht sogar ein bißchen, ihn so auszubeuten.
Tagelang erzitterte er bei jedem Schrittgeräusch und jedem Klingeln. Er wagte beim Gehen kaum die Füße aufzusetzen. Im Schlafsaal verhielt er sogar den Atem, um sich nicht mehr zu hören. Niemand sollte denken, daß er überhaupt einen Körper hatte. Zum Anziehen des Pyjamas ging er weg in die Toilette. Ein paar Tage danach erzählte ihm ein Heimaufseher, ein Student, die spanische Legende »Der junge Schäfer und die Schlange«.
»Ein sehr junger Schäfer führte täglich seine Schafe aufs Feld, immer durch einen Hohlweg.

An einem Wintertag entdeckte er auf der Erde eine ganz kleine Schlange. Er gab ihr Milch von seinen Schafen zu trinken. Jeden Tag erwartete ihn die Schlange am selben Ort, und er gab ihr ein bißchen Milch, und die Schlange wurde mit jedem Tag ein bißchen größer.
Mehrere Jahre danach mußte der Bursche zum Militärdienst. Bei der Rückkehr suchte er mit einem Freund, der ihn oft begleitet hatte und die Schlange kannte, den alten Weg auf. Als sie an die bewußte Stelle kamen, pfiff er wie einst, und das Tier kam aus dem Loch. Die Schlange war riesig geworden und zischte vor Zorn, so als wollte sie sagen: ›Warum hast du mich verlassen?‹ Dann warf sie sich auf den jungen Mann, umschlang ihn und zerdrückte ihn. Der andere Bursche lief ins Dorf um Hilfe. Die Dörfler veranstalteten eine Treibjagd, aber die Büchsenkugeln prallten von der Haut der Schlange ab. Man tötete sie, indem man ihr einen Tonkrug mit vergifteter Milch hinstellte, und brachte den Leib der Schlange dann zur Kirche. Er war so groß, daß man ihn ums ganze Portal nageln konnte.«

Erinnerung hieß für ihn Beschämung: in den Kleidern spürte er die Umrisse seines Körpers, so als träfe die Luft überall auf die bloße Haut. Immer noch sah er sich selber mit den Augen des alten Bauern von oben, kindweiß, mit den genagelten Sohlen im Moos, das braune Leder in der Mitte grau gewetzt. Die Nägel folgten unregelmäßig einer Hauptlinie; einer fehlte: ein kleiner dunkler Kreis in der Sohle mit einem winzigen, eckigen Loch. Zwei Sohlen aufrecht Seite an Seite, mit den eisenbeschlagenen Absätzen nach oben, und die Schäfte der Schuhe verhüllt vom Naturweiß des Hosenfutters. Das Grauen, erselbst zu sein, war so stark, daß er den Kopf zwischen beide Hände nahm. Wie kam es, daß man ihn noch nicht angehalten hatte? Er ging auf dem kurzen Gras an den eingestürzten Ziegelmauern ehemaliger Fabriken vorbei, von denen noch die Bogenfenster übrig waren und die verrosteten Türpfosten.

Das mächtige Fundament eines Ziegelschlots stand aus dem Gras, als einziges Überbleibsel des runden und roten einstigen Himmelzeigers: rote Schlote, welche die Pappelreihen mit deren windgekrümmten Wipfeln wohl noch überragt hatten. Die Konstruktionsdaten waren da angegeben, in einer Folge von weißen Ziegeln. Oben, wo der Rauch hervorkam, waren die Ziegel regelmäßig ausgebaucht: Gefühl aus der Kindheit, wenn der Finger über den Buckel einer verheilenden kleinen Wunde strich. Der Körper empfand diese hochragenden roten Bauwerke, Ziegel über Ziegel, wie die Geste von jemand, und wurde ungeduldig, so als sei man jenes Kind, das endlich sein Boot aufs Wasser setzen möchte – eines jener Boote, die man in den Geschäften, detailgenau nachgemacht von Rumpf bis Reling (ebenso wie jene Lokomotiven mit der kleinen Leiter zum Erklettern des Führerstands), nicht bloß mit den Augen, sondern einem Ruck des ganzen Körpers sah. Vielleicht war gerade jetzt irgendwo ein Kind darauf aus, sein Boot schwimmen zu lassen, und kam nicht dazu. Warum nur die Verzögerung? Und der Augenblick, da das Kind dann endlich vor dem Bassin hinknien und das Boot aufs Wasser setzen könnte, hieße Atemweite, und Neubeginn der Welt.

Er war allein auf dem Weg, der sich nun der Stadt wieder näherte. Es war grotesk, diesen Körper da einzunehmen, sich mit ihm voranzubewegen. Käme jemand ihm entgegen, wäre er sichtbar vom Kopf bis zu den Füßen; man hielte »ihn« für ihn. Es drängte ihn, die Gesten der Einsamen zu vollführen: sich um die Knöchel zu fassen und dahinzuhüpfen, sich selber an den Haaren emporzuziehen, bis die Tränen kämen, einen Stuhl in die Höhe zu stemmen, mit der Vorstellung, er selber säße darauf. Die Luft um ihn herum wurde fest. Der Mund verkleinerte sich, aus dem Grund der Kehle stieg eine Kugel auf, die den Gaumen ausdehnte. Er atmete kaum, durch eine sehr eng gewordene Luftröhre, deren

Winzigkeit er genau nachfühlte, im Innern des Halses. WELCHES RECHT HATTE ER, DA ZU SEIN?
In Gedankenschnelle folgten Bilder von ihm selber, aufgenommen wie von einem unsichtbaren Zeugen, wie sie fast jeden Abend, unzählig, kamen, wenn die Zeit gleichsam anhielt, sich verkehrte, wieder anfing. Er begann aus Leibeskräften zu singen: eher ein Johlen, mit dem er sich aus sich selber verjagen wollte.
Grasbewachsene Hügelchen säumten den Pfad zu beiden Seiten. Er kletterte auf einen hinauf und fand sich jäh inmitten einer neuen Landschaft, welche den ganzen Gesichtskreis einnahm. In der Ferne zeigte sich die Stadt: lange Häuserreihen, aus denen der Kirchturm und ein paar Hochbauten in den Himmel ragten. In großer Höhe, über bläulichem Grau, standen Wolken, Kronen der Ebene.
Unter ihm, zu Füßen des Abhangs, wo zwischen dem Gras heller Schwemmsand weit ausfächerte, lag rund und unbeweglich ein Wasserloch, an den Rändern dicker, verschlungener Pflanzenwuchs, auf einem Untergrund, welcher kompakt und schwarz sein mußte. Ein Schauder ergriff ihn, er sah eine entstehende Eindrucksspur in diesem Grashang mit den runden, kräftigen Stengeln; im Wasser ein kleines, rasches Geräusch, schon vorbei.

VII

Er hatte mit den Händen über den Kindheits-Türpfosten gestrichen, so als könnte dieser ihm die Vergangenheit wiederherstellen. Im Lauf der Jahre war unter dem weißen Anstrich in langen grauen Fasern das Holz erschienen.
Allmählich waren ihm die aus Deutschland mitgenommenen Dinge verlorengegangen. Außer dem Bild seiner Mutter war nur noch ein Album übrig. Die Photos der Eltern, die da auf weißen, massiven Gartenstühlen saßen, vor dem Hintergrund eines Parks, beschäftigten ihn weniger als die eigenen, auf denen er sich ohne Erfolg wiederzuerkennen versuchte. Auf einem öffnete er jene weißgestrichene Tür, deren Klinke er damals in Schulterhöhe hatte, während sie ihm jetzt kaum bis zur Hüfte ging.
Noch immer stand der »Michel« über Hamburg, oben abgerundet von dem hellen grünspanigen Kuppeldach, und zielte ins Weiß. Der lange Rechtecksturm darunter war durchbrochen von Fenstern wie ein Haus; die Bomben hatten ihn verschont. Immer noch führte dieselbe Wendeltreppe, unter der Kuppel, die gestützt wurde von den mit Grünspan überzogenen Kupfersäulen, rund um den Mittelpfeiler zum Dachstuhl hin-

auf. Von unten erschien sie so klein, daß man Lust spürte, sie zwischen die Finger zu nehmen, wie eine Spielzeug-Feuerwehrleiter. Erstmals wieder betrat er den Turm. In dem Ziegelunterbau befand sich ein geräumiges Zimmer, mit einem Tisch und Stühlen. Er stellte sich den Turm darüber vor, mit dem Kuppelkreis, der unter den Wolken dahinfuhr. Man trat in den Aufzug wie in einen Schrank. An den Wänden hingen, in den lackierten Holzrahmen, immer noch die bräunlichen Photographien des Brandunglücks von 1911. Auf dem ersten umgaben die Flammen das Fundament des Turms und züngelten hinauf zum Unterbau. Die beiden Fenster starrten reglos aus dem Rauch. Auf dem zweiten Photo war der ganze Turm schon ein wenig geneigt, mit einer Staubwolke am Fuß, wie von einer Explosion; auf dem dritten stand er sehr schräg, bereits vom Untergrund abgelöst, aber noch vollständig, mit den Fenstern, der Uhr, den Rundsäulen und der Kuppel darüber. Auf dem letzten Photo stürzte der Turm zu Boden, in Einzelheiten noch als Turm erkennbar. Der Unterbau ragte auf mit all seinen Fenstern. Das Weiß des Himmels zeigte sich, wo sich einen Klick zuvor noch die Turmmasse befunden hatte. Immer wieder in der Kindheit erzählte man ihm, wie seine Mutter geweint hatte, als sie den Turm von St. Michaelis stürzen sah.

Manchmal, wenn Besuch da war, spielte sie Klavier, und er sah ihren Rücken, mit den Armen zu beiden Seiten, eine große vertikale Ausdehnung, mit Stoff überzogen, mit zwei beweglichen Dingern dran, und da drang Musik hervor. In den zwei Fauteuils beugten sich die zwei alten Frauen zueinander: »Sie hat geweint, als sie den ›Michel‹ stürzen sah!« Was da vor fünfundzwanzig Jahren geschehen war, wurde immer noch bewundert. Und er mußte zuhören: saß dabei auf dem drehbaren Mahagonisessel, die Augen gesenkt auf die Beine, die da vor ihm in der Luft hingen, und schämte sich, daß diese Ausdehnung dort seine Mutter war. Er sah sie in der Kalesche beim Weinen, mit dem Taschentuch vor den Augen, während der Kutscher mit Zylinder draußen auf dem Kutschbock wartete. Ein Brechreiz packte ihn bei der Vorstellung, dieses lebende Bild von der Seite zu sehen: Kutscher und Pferd nach links, die Mutter nach rechts gedreht und den Samt beträgend.
1949, im Gedränge des Wiedersehenstages mit dem Turm, fürchtete er dann, man könnte plötzlich zu ihm sagen: »Sie sind also der Sohn der Dame, die geweint hat damals beim Turmeinsturz.«
Der Raum rund um die Kirche war fast leerbombardiert, mit kleinen unversehrten Gebäude-Inseln dazwischen. Von oben erglänzten die

verlassenen Straßen, in der Mitte da und dort ein wenig eingesunken; sie bildeten die Begrenzungen weitflächiger Gras- und Brennessel-Gevierte, aus denen schon wieder junge Bäume aufwuchsen. Wieder unten, betrachtete er aufmerksam diese Nesseln in einem Kellerloch, so als wüßten sie noch etwas von der Zeit »vor den Bomben«.

Schon ab der Grenze, in Aachen, hatte ihn die grüne, gleichsam geneigte Ebene berührt, mit dem sehr hohen Himmel darüber und den jagenden Wolken. Es war das Kindheitsland, aber nichts war sichtbar von dem, was da geschehen war; keine Beweisstücke mehr. Bei jeder Veränderung der Landschaft waren die Augen, ohne Erfolg, auf Wachtürme aus. Grobsandige Landstraßen führten auf den Gleiskörper zu, flüchtige Umrisse, die der Blick momentlang fest-stellte: ein Gespann mit zwei Pferden bewegte sich da vor einem fernen Dorf. Während der Zug dahinrollte, erstreckte sich zugleich weit hinten im Horizont die Geburtsstadt. Vielleicht waren die Verwandten (an die er sich nicht einmal erinnerte) schon auf dem Weg, um ihn vom Bahnhof abzuholen. Es beseligte ihn, daß sich jemand am Ende der Landschaft ihm entgegenbewegte.

Die Gleise gingen auf einmal durch vertraute Gegenden, mit Wegen wie jenen, die einst von den Deichen zur tiefergelegenen Urstromlandschaft an der Elbe hinuntergeführt hatten. Bauernhäuser mit Strohdächern, aufragend wie Felswände, reihten sich da ein wenig unterhalb der Straße. Man streckte den Arm aus, wie aus Stolz, sich auf Dachhöhe zu befinden. Die Straße lief über gepflegte Gärten hin, die in der Fluchtlinie aufeinanderfolgten, übersichtlich wie im Freien ausgelegte Gegenstände. Langgezogene, mit Gemüse bepflanzte Erdtürme bildeten eine eigene Architektur. In der ländlichen Stille war nichts zu hören als das Knacken der Pedale und die schrille Stimme der Mutter. Sie redete so überlaut hier draußen, daß es zwischen ihren zwei Armen hervorschallte, welche die schmale ausladende Lenkstange hielten, mit dem schwarzen Scheinwerfer in der Mitte. Am hellen Morgen bewegten da die Lenkstange und die Frau sich an den arbeitenden Bauern vorbei: so lachhaft war das, daß er nah an einem wahnwitzigen Kichern war. Er zeigte mit dem Finger auf seine Mutter, um deutlich zu machen, daß er nicht zu ihr gehörte.

Aber dann aßen sie zu zweit Spiegeleier unter einer Laube. Der Rand des Gelb war wie immer ein bißchen schrumpelig, dick, und mundete! Auf der Zunge bildeten sich unbekannte Landschaften aus.

Auf der Rückfahrt zeigte man ihm Dorfkirchen mit massigen Ziegeltürmen, umstanden von riesigen Buchen. Die grünweißen Kupferspitzen, so

steil, daß sie geradezu dunkel erschienen, zogen im Himmel dahin, schwarze Schäfte mit einem Hahn obenauf. Über einem mit grauen Brettern verschlossenen Fenster war das Baujahr 1778 eingeschrieben; dieses Alter erinnerte an jenes der Buchen mit einem Stamm so dick, daß man ihn mit beiden Armen nicht umfassen konnte. Manchmal ging der Organist über den Platz, in engen Hosen. Dann betrat man die Kirche, um ihn spielen zu hören; saß in den hohen, hellgrün bemalten Bänken, und hinter den Glasfenstern bewegte sich das Blätterwerk der Bäume.
Die Dörfer hießen Curslach, Kirchenwerder, Altengamme. Besonders prägte sich ihm ein »Neuengamme«: als er es dann als Name eines Konzentrationslagers las, wußte er sofort, daß es sich um jenes Dorf handelte. Die Buchstaben schienen ihm aus der Zeitung entgegenzukommen, und es wiederholten sich die gemächlichen Pferdehufgeräusche und das Knacken der Radnaben. Unter einer Zeichnung aus dem Konzentrationslager, dem Porträt eines alten Mannes, von dem nur die Augen deutlich wurden, stand mit Bleistift geschrieben: »Professor Friedländer von der medizinischen Fakultät in Wien, zweiundachtzig Jahre alt, hat sein letztes Paar Unterhosen gegen eine Zigarette getauscht.« Zwanzig Jahre zuvor war der Professor unter großen Gartenbäumen spaziert: er hatte gesprochen,

vielleicht gelacht, und er war doch schon der, von dem man dann nur noch die zwei Augen sah, in Neuengamme oder in Theresienstadt. – Die Fassaden am Großen Platz in Warschau fielen bei der Sprengung durch die Deutschen in einer einzigen Bewegung, von oben nach unten, alle zugleich, in sich zusammen, und waren dabei für einen ewigen Augenblick immer noch »diese Fassaden«.

Beim Rückweg in die Stadt kam er an dem Krankenhaus vorbei. Das weiße Plastikkreuz hob sich schon aus der Ferne vom Himmel ab. Hinter dem Gitter mit den vergoldeten Spitzen lag ein Gebäude in Hufeisenform. Eines Tages in Paris hatte er Maler beim Neuvergolden solcher Gitterspitzen gesehen: damals hatte er kaum hingeschaut – und jetzt erinnerte er sich. Die Empfindung, so etwas versäumt zu haben, war ein körperlicher Schmerz. – Beim Krankenhaus war alles an seinem Platz: zwei Rasenteile waren eingefaßt von betonierten Gehsteigen; das Gras war frisch geschnitten, alle Halme gleich hoch; über einer weißen Veranda im Hintergrund standen klare, helle Aufschriften. Aus einem runden Beet erhob sich eine dicke Kunststoffröhre in abgeblättertem Graugrün, die sich dann zweiteilte, für zwei Leuchtscheiben: »Vorgeschriebene Fahrtrichtung« und »Verbotene Fahrtrichtung«;

deren milchiger Schimmer mußte in der Nacht anheimelnd wirken. Ein Ambulanzwagen hielt in einem geteerten Hof, ein ansehnliches weißes Gefährt, im Innern kleine gechromte Flaschen, die an einer Art Säule hingen. Ein alter Mann war gerade dabei, da einzusteigen; er wurde entlassen. Seine Frau wartete in einigem Abstand, das Köfferchen in der Hand. Ein Pfleger stand neben dem Greis und stützte ihn, der vorgebeugt, mit starrem Kopf, sich in den Wagen mühte, als sei das jetzt das einzige, was zählte. Es war Zeit genug für alles: für die Frau, den Koffer zu halten, und für den Pfleger, dem Alten zu helfen: diese Gesten konnten dauern und sich vervollkommnen. Der alte Mann würde sich daheim in den Fauteuil setzen und sich da regen, ein gekrümmtes Etwas, in Stoff gehüllt, vor dem unbewegten Mobiliar.

Er gelangte auf den Hauptplatz der kleinen Stadt, vor den viereckigen gotischen Turm, der aus grauem Stein war, wie ein Turm im Norden. Gerundete Strebepfeiler, sich nach oben verjüngend, flankierten ihn. Es war, als hätte man dem Krieg entkommen können, einfach indem man hier unten am Fuß des Turms verharrte.

Auf der anderen Seite des Platzes reihten sich die Geschäfte. In einem war der Fahrradhändler über den Ladentisch gebeugt und schrieb in einen Abreißblock, aus dem das blaue Kohlepapier hervorschaute. Vor ihm stand der Kunde, ein junger Mann, und zeigte auf etwas im Verkaufsraum. Es tat gut, zu wissen, daß der Kaufmann nicht in Schwierigkeiten war, daß er gerade eine Bestellung aufnahm, daß sein Geschäft vor neuen Waren glänzte. Wurde ein Abgeordneter nicht wiedergewählt, so pflegten die Leute zu sagen: »Macht euch keine Sorgen um ihn!« Bei dem Gedanken an solche Geschütztheit der anderen mußte er an das Haus des toten Schriftstellers denken: der Schreibtisch an diesem einmal so ganz und gar bewohnten Ort, mit diesen so bekannten, oft photographierten Gegenständen – was würde daraus werden? Der leere Fauteuil, die bereitliegenden Papierblätter, und die Lederunterlage des Schreibtisches.

Und was würde aus ihm, wenn seine Bewerbungsbriefe unbeantwortet blieben? Bekäme er eine jener anspruchslosen Stellen, auf die er zwar kaum hoffen konnte, deren bloßes Vorhandensein aber schon beruhigend war? Vielleicht fände er ein Zimmer im Haus seiner Sippe in Deutschland. Man war weggezogen und bewohnte jetzt ganz im Norden, an der Kieler Förde, ein großes weißes Haus, umstanden von nie zur Ruhe kommenden Eichen. Das Licht fiele von der Seite, mit langen Schatten, und der Wind legte sich nie, oder erhöbe sich, nach einer unvermuteten Pause, jäh und bildete aus den Dingen deutliche Einzelheiten, Blätter, Zweige und Gräser voneinander trennend, so daß ein jedes für sich erschiene und doch alles auf einmal. Weit weg säumten Baumreihen die Torfmoore; und in winzigen Gaststätten mit flachen Teerpappedächern säßen Reisende ohne Gepäck in einem Winkel an einem viereckigen Tisch stumm bei »Bockwurst« und »Kartoffelsalat«. Vom Meer führte zwischen Buchen ein breiter Weg herauf, begrenzt von Zäunen, über die Johannisbeersträucher aufwüchsen. Bei Sonnenuntergang kämen die Kinder vom Strand zurück und trennten sich an den Gartentüren, wo, ihnen unbewußt, jedesmal die Freude am vertrauten Bezirk begänne. Auf den Veranden wären schon die Lichter an, und unter der herabgezogenen Lampe wäre der Tisch gedeckt. Hohe Stimmen riefen: »Bis morgen dann!« Er wohnte in einer Mansarde und käme zu den Mahlzeiten herunter. Im Winter ginge er am Strand entlang, im Umhang und in dicken, warmen Schuhen, und hörte in regelmäßigen Abständen hier und dort die Nebelhörner tuten, und in den winterlichen Bäumen das große Sausen des Windes. Jahre später reichte man sich sein Manuskript von Hand zu Hand, und seine Sippe wäre erfreut, ihn nicht für nichts genährt zu haben. Die verdichtete und doch einfache Sprache seines Werks würde verglichen werden mit dem Deutsch Hölderlins. Das Tü-

bingen mit der Brücke, der Insel mit den großen Platanen und dem ziehenden Himmel jenseits davon erstünden in ihm da am Strand, angesichts des Ufers hier und der Frachtschiffe, die sich langsam der Kanaleinfahrt näherten, zum tiefen Ton der Sirenen, der einem durch und durch ginge. Das Wasser erschiene auf einmal erhöht, die Gegenstände dunkler, wie vor einer großen Reise; und solche Momente brächten dann die Hauptsätze seines Werkes hervor. – Die Domestiken des Tübinger Stifts hatten die Heranwachsenden Hölderlin und Rümelin vor den Herzog und die Herzogin geschafft, deren Füße auf Kissen ruhten. Dort wurden ihnen die Kleider vom Leib gezogen, und man schlug sie minutenlang heftig mit Birkenruten, aber keiner der beiden Achtzehnjährigen schrie auch nur einmal auf; dafür hätten sie während der Bestrafung unablässig, lauter und lauter, gesungen. Hätte nicht auch er der Bursche Hölderlin sein können, der dann in den Gassen von Tübingen ging, den Mantel vom Wind zwischen die Beine geschlagen, im Bewußtsein, daß alle Entgegenkommenden von dem Spektakel unter Beisitz des Herzogs unterrichtet waren? Kein Rauch »blühte« da an den Dächern, und »die alte Krone der Türme« war nicht »friedsam«.
Als aber eines Tages der Professor der Theologie zum Essen kam, begriff er, daß auch in der Sippe

kein Platz für ihn wäre. In der Küche war ein Durcheinander, und draußen auf dem Tisch lag das Damasttischtuch mit dem Monogramm der Familie. Und man sagte zu ihm, dem schon lange »Großjährigen«: »Du nimm nicht zuviel, damit der Professor sich ein zweites Mal bedienen kann.« Dieses »Du« aus der Kindheit vernahm er mit dem ganzen Körper, und es gehörte zu dem gleichen alten Ausspruch. Mordlust erfaßte ihn. Da stand er in der Küche, umgestülpt, entblößt: jemand, der einen »Nachschlag« wollte. Nur noch ein Töten war denkbar, und die Hände fühlten schon das Eisengewicht. Was hatten diese Deutschen vom Krieg begriffen? Wie konnten ihre Finger die Dinge halten, wieso fiel ihnen nicht alles aus der Hand? Versagten ihnen denn nicht die Glieder vor dem Nichts, das ihr Teil geworden war, unwiderruflich? Und da stand er, dem man den schmutzigen Hemdkragen vorwarf, und den man ermahnte: »Du nimm nicht zuviel!« Und er sollte das siegreiche Frankreich sein?

Dem Professor der Theologie wurde ein Hühnerfrikassée im Reisring serviert. Seine Stirn schwitzte, und seine Hornbrille rutschte ihm auf die Nase, sooft er sich über das Essen beugte. Mit gerundeter Hand sprach er über Religion, und erzählte dann von seiner Laube in Plön, die er neu eingerichtet habe. Er bewohnte ein großes

Haus am Seeufer; der Rasen ging bis ans Wasser. Zweimal in der Woche chauffierte man ihn zur Universität, oder er sprach über seinen Gott in mächtigen Backsteingebäuden, wo Bilder aus dem sechzehnten Jahrhundert über alten Musikinstrumenten hingen.

Eine Woche zuvor, bei der Anfahrt zur Förde im Nachmittagszug, war das immergleiche Licht etwas sehr Auffälliges gewesen. Er stieg um in das Abteil »Reisende mit Traglasten«, und der Zug fuhr dann auf einem sehr hohen Damm in einem scharfen Windgeheul durch die Abendsonnenlandschaft. In dem geräumigen Waggon saßen ein paar Reisende eingezwängt zwischen Brettern, Teerpapierrollen, Fensterrahmen oder Stücken von Zäunen. Der Zug fuhr an ausgebesserten Häusern mit instandgesetzten Kellern vorbei; dann wiederholten sich die Wiesen mit den Birkenwaldinseln. Bei jedem Halt stieg einer aus, mit seiner Stacheldrahtrolle oder seinen Schrankbrettern, womit er am Sonntag an seinem Unterschlupf herumflicken würde. Bei Einbruch der Nacht erschien die Hafenbucht, gesäumt von Laternen, mit alsbald im Dunkel verschwindenden Masten. Das Wasser klatschte, die Schiffe schaukelten leicht; Hundegebell durchdrang die vagen Stadtgeräusche. Die Taue spannten sich und knirschten, und im Körper war die Sehnsucht entstanden, unterwegs zu sein. Die Flanken der Schiffe waren in der Nacht nur zu ahnen, am jähen Drehen des Windes, an einem hohlen Hämmern gegen einen Rumpf.

Er könnte eine Anstellung bei der Post finden, oder als Hilfslehrer, oder sogar als Referendar, als Sachbearbeiter in einer Bank: aber danach – wohin ginge er, mit wem spräche er, was täte er? Kein Ort, der ihm angehörte, keine Stimme, von der man sich aufgenommen spürte.
Er ging zum Essen in ein vielbesuchtes Café am Bahnhof, wo man ihn nicht bemerken und sich nicht fragen würde: »Wieso arbeitet der denn nicht?« Doch kaum war er über die Schwelle, wurde er gleichsam geschnappt von der unvermuteten Leere in dem Café. Zu schwer geworden für den Untergrund, durchquerte er das auf einmal uferlos erscheinende Lokal, bis hin zur braunen Theke, um welche die zugehörige Stange lief. Er setzte sich auf einen Barhocker; doch die Art, wie er sich da niederließ – ein Emporhissen des Körpers, wobei er sich mit einem Fuß abstieß –, verriet, daß derartiges ihm fremd war. Der Patron, der hinter der Theke ein Glas unter den Wasserstrahl hielt, betrachtete ihn erstaunt. Er hockte da ja auch gar zu hoch oben, weit weg vom Fußboden, auch zu nah am Thekenrand. Die paar Gäste hatten zu reden aufgehört; aber sowie er dann bestellte – »zwei Schinken-Käse-

Toasts« –, war er nur noch ein junger Mensch, der eben Hunger hatte, und sie setzten ihre Gespräche fort, vielleicht ein bißchen weiter über den Tisch gebeugt als zuvor, und spielten mit den Untertassen oder den Gläsern (was sie vor seinem Eintritt nicht getan hatten). Er aß gierig; das Feste in seinem Mund, sich umwandelnd, war ein Halt.

Er bestellte noch ein Sandwich, und der Patron ging es ihm zubereiten, in die Küche, die mit dem Barraum durch eine oben gerundete Tür verbunden war. Der Türsturz darüber war aus gekerbten Brettern gebildet, und im oberen Türteil war im Holzkreis eine Glasraute eingelassen, durch welche man den Rücken des Patrons sah, während die Tür noch lange flatterte. Unwillkürlich dachte er an Schier, und wußte auf einmal, daß diese Tür genau jener in dem Kinderheim entsprach, vor welcher er jedesmal die Rute in die andere Hand wechselte, um die schmiedeeiserne Klinke niederzudrücken. Auch der Türsturz dort war gebildet gewesen aus gekerbten Brettern. Wenn er im Sommer bestraft wurde, war er froh, daß es, wie jetzt hier, Sommer war, und daß keine Schneeschwaden gegen die Türscheibe stießen. Er drehte sich auf dem Hocker um: beobachtete ihn jemand, wie er sich da erinnerte?

Der Platz draußen in der Sonne erschien so groß, daß man bei seinem Anblick ganz durchatmete.

An einem Trottoir stand der Bus der »Blutspendeaktion«. Eine Klapptreppe führte hinauf zu einer sehr hohen und schmalen Viereckstür, die gleichfalls flatterte, wie von selbst. Der Bus war doppelstöckig wie die Busse in London, mit dem »Einstieg« am einen und dem »Ausstieg« am anderen Ende. Hinter den Fenstern sah man die »Spender«, die da warteten, den Blick geradeaus, und die Passanten beschämten. Jene, die zum Spenden kamen, erkannte man an ihrer Art, den Platz zu überqueren: sie behielten immer die Richtung bei, nahmen die kürzeste Linie und zögerten nie; selbstgewiß ließen sie die Arme schwingen und stießen die Eingangstür bis zur Wand zurück, gaben sie dort erst wieder frei. Oben im ersten Stock sah man die Spender im Unterhemd, mit entblößten Armen. Sie standen Schlange, Arm an Arm, weißes Fleisch an weißem Fleisch, nur ein dunkler, vertikaler Strich jeweils dazwischen. Den Platz zu überqueren war jetzt unmöglich: man würde ihn hinten am Nacken packen und ihm eine Nadel in beide Arme pflanzen. Er würde zum Spender: man reichte ihm harte Eier und ein Sandwich, wobei er auf einer Bank zwischen zwei anderen säße und wie diese kaute und schluckte. Auch zu ihm würde eine kompetente Krankenschwester »Merci, Monsieur« sagen; und auch hinter ihm würde der Flügel der Ausgangstür dann vor und zurück pendeln. Bei einer ärztlichen Untersuchung damals wartete er zunächst auf einer Bank, bis man ihn durch eine der unzähligen kleinen grünen Türen einließ in einen winzigen, gelb ausgemalten Verschlag, wo sich ein zusammenklappbares Schemelchen und ein Kleiderhaken befanden. Er stand zwischen zwei Türen, und man sagte zu ihm: »Machen Sie den Oberkörper frei.« Zugleich mit ihm hatten drei andere die Nachbarkabinen betreten, und alle vier standen sie jetzt da und warteten in den winzigen Käfigen, die eigens zu diesem Zweck aufgestellt worden waren, und jedem von ihnen hingen die Arme am Körper herunter. Matte Häute, kaum feucht, von einem fahlen Weiß, mit einem leichten Essiggeruch, an der Achselhöhle die doppelte Falte ... Jeder Körper stellte eine Unregelmäßigkeit dar, einen Knochenvorsprung in einem Hautsack, eine überspannte Hohlstelle; und alle vier standen sie da in einer Richtung!

Er verharrte auf der Schwelle zum Platz. Sicher sah man sein Zögern. Überquerte er den Platz, so zwänge man ihn, in den Bus zu steigen und den Oberkörper freizumachen. Er sah im voraus, wie er alles kurz und klein schlüge. Unwillkürlich prüfte er mit dem Finger, ob sein Kragen bis zum obersten Knopf zu war. Dann schlug er sich an die Stirn, so als fiele ihm plötzlich etwas ein, drehte um und nahm eine andere Straße. Er ging kreuz und quer durch die Stadt, bis ihm der Park in den Sinn kam. Mitten in der Stadt gelegen, gab dieser den Blick frei auf ein Gartental, das man von nirgends sonst sah. Daran schloß sich auch gleich das freie Land, ohne ein Zeichen der doch nahen Stadt; ein großer Lichtraum reichte jenseits der Parkmauer bis herab auf die Erde. Der Boden bis hin zur Mauer war flach, mit hohen Bäumen bestanden; eine Reihe von Bänken stand da, fast immer leer: da wollte er sich hinsetzen. Er betrat den Park durch eine kleine Pforte, die dem Gatter einer Villa ähnelte. Ein etwa fünfzehnjähriger Bursche lehnte daran, die Beine eng beieinander und ein wenig vorgerutscht; die Füße scharrten im Schotter, und die Hände zuckten und zitterten. Am anderen Ende der am Park vorbeiführenden Straße tauchte eine Gruppe von fünf oder sechs Heranwachsenden auf, die alle zu dem Burschen hinblickten. Er erwartete sie, ohne sich von der Stelle zu bewegen; die Gesichter der Verfolger schienen ihm schon seit langem vertraut zu sein. Diese waren Kinder, die genau wußten, was sie tun würden; ohne überflüssige Geste rückten sie vor. Sooft sie ausschwärmten oder kurz umkehrten, um zum Beispiel etwas aufzuheben, fielen sie danach sogleich wieder in ihr früheres Gebärdenspiel, setzten ihren Gang genau da fort, wo sie ihn unterbrochen hatten. Einer von ihnen hatte eine Gerte in der Hand. Der Bursche schrie, krümmte sich, er weinte, die Schultern gingen ihm auf und ab. Das Ahornblattwerk hoch oben schwankte vor den Wolken, die Zweige spreizten und schlossen sich, als stünden sie woanders, an einem Waldsaum, Begleiter einer Reise. Der Bursche wurde ruhig und blieb, wie er war, an das Gatter gelehnt; nur die Augen waren groß geworden, gleichsam erinnerungsstarr. Er wollte sich ihm nähern, ihn sozusagen trösten – und zugleich entfernte er sich, zum anderen Parkende hin. Dann ging er doch zum Portal zurück, wo er den Rücken des Jungen am Gatter sah. Die übrigen zeigten sich von vorn; sie näherten sich Seite an Seite, eine senkrechte Wand, die die ganze Straße einnahm. Als sie dann an ihm vorbeigingen, war da in ihrem Drohflüstern von dem Sportplatz und der Umkleidekabine die Rede?

Ein jäher Luftstoß klappte die Blätter um und hob die Äste. Der Wind rückte die Dinge näher, so daß diese sich klar, geradezu weiß von dem massigen, lebhaft indigoblauen Himmel abhoben. Ein paar Tropfen fielen und bildeten auf den Betonplatten große Flecken, die allmählich ineinanderrannen. Wozu beeilte er sich eigentlich? Er besaß doch keinen Lehnsessel vor einem offenen Fenster, von wo aus er dem über das Land

hinwehenden Regen zuschauen könnte. Trotzdem fing er zu laufen an. Heim in die Mansarde: auf dem Bett sitzend, lesend, würde er dort abwarten, bis es zu regnen aufhörte.
Weit weg im Regen leuchteten die roten Neonröhren des MONOPRIX. Das schattenlose Innere des Warenhauses stand voll mit Gegenständen, an denen noch nichts abgestoßen und zerschrammt war: für sie war man »der erste«. Auf einmal atmete er auf, der Druck wich von der Brust. Jetzt konnte ihm nichts mehr geschehen, nichts mehr ihn bedrohen. Im Blick auf die Schaufenster und die Glastüren ging einen die Straße nichts mehr an: was auch immer da passierte, man hatte nichts mehr damit zu schaffen. Man war in Sicherheit, wie damals, als man drinnen inmitten der Lackmöbel den Regen in die Blätter des Gartens draußen fallen sah.
Er hatte nun die Gewißheit: er würde aufbrechen nach Paris. Irgendeine Arbeit würde er schon finden. Die rue de la Boëtie erschien, eine Schräge, die mitten durch die Stadt lief. Es gäbe keine Lücke in der Folge der Schaufenster; nie wäre man da »draußen irgendwo«. Paris, gigantische Wohneinrichtung im Freien. An den Sonntagnachmittagen würde er sich auf den Weg machen hinaus in die Vororte, teilnehmend an dem Leben der anderen, und am Abend käme er zurück nach Paris wie von einer Weltreise, um

ihn der Glanz unzähliger Schienenstränge, hinter Eisengittern die abgestellten Zugteile. Über den Gleisen erschiene nach und nach, hoch über allem, die rundkuppelige, weiße, bläuliche Masse der Basilika vom Sacré-Cœur. Und man erlebte mit, wie an der anderen Flanke des Hügels die Menschenmassen die Straßen erfüllten, in der klaren Nacht. Paris! Er sah die rauschenden Bäume am Boulevard St. Germain, wo dieser ganz gerade verlief, wie eine ehemalige Vorortsstraße, zwischen der rue du Bac und der Abgeordnetenkammer.

Jeder Gegenstand in dem Warenhaus, von Stellage zu Stellage, verbildlichte ein mögliches Leben; jedesmal, wenn jemand etwas in den Einkaufswagen legte, gab das ein Ziehen in der Brust: dieses Ding fände demnächst seinen Bestimmungsort, einen Tisch, ein Wandbrett. Verwandte, Gäste sähen es und sprächen dann zu anderen, die wiederum andere sähen: ein Bild von Autos, die übers Land fuhren, fremdartige Bewegungen inmitten der Unbeweglichkeit. All diese Leute wußten im Krankheits- oder Unglücksfall, an wen sie sich zu wenden hätten. Würde ihnen ein Prozeß aufgehalst, so fänden sie alsbald einen Rechtsbeistand. Diese Leute hatten eine Geschichte zu erzählen, lang wie ihr Leben, von dem dabei doch niemand etwas wissen konnte, ein unfaßbares, ewig gegenwärtiges Sein. Nein,

er würde keine Antwort auf seine Stellengesuche abwarten: gleich morgen würde er das wenige, das er hatte, in den Koffer packen und damit in den Zug nach Paris steigen.
Ein Mann in mittleren Jahren ließ sich eine Platte auflegen, stand dann im Mantel daneben und hörte zu. Wer war man nur, daß man wie dieser Herr da in den Kleidern stand, der Kragen ein Kragen, die Knöpfe Knöpfe – ein umhüllter Körper mit allem Drum und Dran, ein raumverdrängendes Etwas, das sich erfrechte, Musik zu hören?
In der Abteilung für Toilettenartikel – Pastellfarbenes in den entsprechenden Formen – traf er auf einen jungen Burschen, der regungslos, lässig und aufmerksam zugleich, vor einem Regal stand. Als er einmal aufschaute, war sein Blick streng, wie nur der eines Tagträumers. Sie gingen aneinander vorbei, und er hörte ein Murmeln, das ihm galt? Er war einmal Zuschauer bei einem Prozeß gegen einen Dieb gewesen und hatte da den Angeklagten mit einem Heiligenschein gesehen: von solchen Heiligen kannte er einige.
Draußen wurde es wieder hell; die Farben leuchteten, als würde im nächsten Moment die Sonne hervorkommen. Was hatte der Bursche gesagt? Wozu hatte er das Paket mit den Wattestäbchen gekauft? Die Glastüren an der Monoprix-Tür flatterten, ohne je aufeinanderzutreffen. Zu wel-

cher Baracke gehörte das schräge Brett, das oben an einen Balken genagelt war und unten auf dem Boden auflag? Es hatte an beiden Kanten Kerben, welche durch die da herumgeschlungenen Seile ausgewetzt waren. Der Boden ringsum war von Zweigsplittern übersät. War er von solchen Bildern besessen, oder kamen sie bloß noch aus Gewohnheit? Das Herz schlug, er schwankte und ging schneller.

VIII

Paris ging ihm nicht mehr aus dem Sinn. Er würde da arbeiten, und die Stadt umgäbe und beschützte ihn. Niemand würde da auf ihn aufmerksam, so daß er vielleicht auch von der Scham loskäme, die ihn sozusagen auf hohe Korkabsätze stellte, wie sie jene Frau in der Métro trug, die er einmal da an der Haltestange stehen sah, vor den Augen eine Zierbrille mit rauchiger Plastikfassung, um den Hals einen roten Schal, dermaßen eng gezogen, daß das Schädelrund ganz plastisch wurde: diese Frau auf den Korkabsätzen, mit den von der Fahrt vibrierenden Beinen, mit einem seltsam mageren Körper unter den ebenfalls roten Kleidern, war für ihn das vollkommenste Bild von der Scham des *Existierens* geblieben (womit auch er immer wieder auf sich selber zurückfiel, sich begleiten mußte, schwitzte, sich von einer Straße in die andere wechseln sah, mit der Empfindung der eigenen Schultern, jetzt der linken, dann der rechten, wobei sogar der doch so ersehnte, vielbeschworene Wind nur noch etwas zum Lachen war: nicht bloß die Lächerlichkeit, ein Überlebender, sondern die Lächerlichkeit, am Leben zu sein).

Immer wieder ging man an Türen vorbei, mit den viereckigen Spionscheiben in der Mitte, Türen mit Griffen in Magenhöhe, genauso absurd wie man selber. Diese großen widerstandslosen Holzdinger: es genügte eine Drehung in den Angeln, und einen Augenblick danach war da von neuem die gleiche hölzerne Plankenwand, ohne den Körper dazu. Hing davon denn alles ab: von solch einem, sich öffnen und schließen lassenden, Holzgebilde? Sogar seine Mansarde hatte ja eine »Tür«, mit einer zugehörigen »Füllung«, welche zweigeteilt war durch eine Zierleiste. Der Griff verlief erst gerade und vollführte dann einen scharfen Knick: für derartiges, wie für die Korkabsätze der Frau in der Métro, hatten Zeichner gezeichnet, Kalkulateure kalkuliert, Entwerfer entworfen.
Einen Fuß nach dem anderen auf das Trottoir setzend, das eigens zu solchem Zweck hergestellt war, trottete er heimwärts zu seiner Mansarde. Dieses Trottoir brächte ihn zu seinen beiden Türgriffen: dem der Mansarde und dem des Dachbodens. Eine Tür nur brauchte man zu öffnen, und er wäre entdeckt, angemaßter König; der Spiegelschrank stand ganz nah an der Tür. Mitzuzählen war auch noch jene andere Tür aus gefirnistem Tannenholz, mit den schön geraden, leuchtenden Brettern, auf einen Korridor hinausgehend, welcher der ganzen Länge nach

mit einem sehr eng geknüpften Teppich ausgelegt war: war der Flur leer, so konnte man durch diese Scheidewand in dem Geschrei, Getrampel und Geklatsche auch das geradezu zarte Streifen der Birkenzweige an der Türfüllung hören.
Errieten die anderen, wenn er an ihnen vorbeiging, die Türen, die ihn verborgen hatten? Stellte man sich nicht allein beim Anblick seiner ringlosen Hand bestimmte Türen vor? Er drehte sich um und war unwillkürlich erstaunt, in seinem Zustand nicht deutliche Spuren hinter sich gelassen zu haben, zum Beispiel Sohlenabdrücke im Teer.
Nein, nichts hatte sich mit ihm geändert, obwohl er doch schon fünfundzwanzig Jahre alt war. Das Trottoir vor ihm war leer, und er ging mit geschlossenen Augen: so hätte man ihn auch am Arm nehmen und heim ins Waisenhaus schaffen können. Etwas an ihm war nicht wegzukriegen: er hätte wie je gehorcht, er hätte geschehen lassen. Wie kam es dabei freilich, daß der Körper immer noch zu gewissen Gebärden bereit war, daß er eher erwartete als sich erinnerte?
Und hatte ihn nicht doch manchmal die Revolte erfaßt, wenn man ihm mit einem jähen Ruck die Gelenke straffte, um zu sehen, ob der Knoten hielt? Die Revolte ergriff dann alles an ihm, so heißglühend wie unnütz: überweißes Ding, das er dann war, im Raum, und dessen Rückgrat sich krümmte, bei der Empfindung der beiden Hand-

gelenke, die sich da Puls an Puls berührten und instinktiv sich ineinanderzupassen versuchten. Nichts geschah dann, als daß das Auge sich zwang, die sehr hell sich von der sehr dunklen Umgebung abhebende Hand anzusehen, welche von der Seite erschien, ein bißchen verdreht, und an welcher der Daumen weit vorsprang und so der Birkenrute oder dem Haselstock, um den die übrigen Finger sich schlossen, ein klares Relief gab. Es kam darauf an, zu wissen, wann diese Hand da ansetzte, zu wissen, ob man standhalten konnte: indem man nicht weinte; indem man tat, wie wenn nichts wäre. Immer noch zweiteilte jene hochfahrende Angst seinen Körper, und unwillkürlich krümmte er sich in einer Panik, die jede Zelle hart werden ließ, während, seltsam, der Kopf sich zugleich den Schrei vorberechnete. Beherrsch dein Gesicht! Doch wenn man dann den Kopf nach jener Hand wendete, kam es trotzdem zu einem jähen Schrei, und der Schmerz war immer derart, daß dem Körper kaum Zeit blieb, sich daran zu gewöhnen. Kein Tag verging, ohne daß er, allein unterwegs, an jene Unzahl von Momenten zurückdachte.

Zwanghaft berührte er mit der eigenen Hand die Lippen: zu mächtig war die Illusion, »danach« wieder jene andere Hand zu küssen. Manchmal war er dabei so durcheinander, daß die auf die Lippen gefallenen Tränen die Hand näßten. Sie liefen über die Finger, die ihm da hingehalten wurden, und trotz des Schmerzes und trotz der Scham erschauerte er bei der Empfindung dieser zahlreichen, leicht und zart aneinanderhängenden Fingerglieder. Oder waren es die eigenen Finger, die er da geküßt hatte? Er erinnerte sich an alte Bilder mit den Händen von Mönchen, betend ineinanderverschränkt.

Die Scham wiederholte sich auch vor den Gemälden im Louvre, wenn an den heißen Sonntagen die Mütter, in leichten, ärmellosen Kleidern, ihren Kindern die Bewunderung für die Geschicklichkeit eines Malers beim Malen von Händen beibringen wollten. Erst in jenem anderen Saal, der hellgelben Rotunde, wo die wenigen englischen Bilder aufgehängt waren, wurde es endlich auch friedlich, und er wurde ganz, die Beine standen nicht mehr grotesk zweifach unter ihm. Auf den paar Landschaften von Constable drehten und wühlten die Wolken, gewaltig über einem Erdreich mit windbewegten Gräsern, einem himmelhohen Kirchturm und Meeresstränden, die sich wunderbar wegschwangen vom Himmelsgewühl.

Lange stand er jedesmal vor einem großen Familien-Porträt von Reaburn, aus dem Jahr 1798. Eine Frau, das Haar zum Knoten gebunden, saß mit dem Gesicht zum Beschauer. Sie trug ein Kleid mit weißem Reifrock und berührte mit

einer Hand, an der die leicht gekrümmten Finger nur gerade so am Gelenk zu hängen schienen, die Hand eines jungen blonden Burschen, welcher mit rosigen Wangen dastand, ein Bein ein wenig eingeknickt. Der Blick des Kindes schien auf etwas zu warten. Im Hintergrund verschwand die Sonne hinter Wolken und färbte die Säume gelb. Zur Rechten des Kindes wuchs eine weißstämmige Birkengruppe, deren langes weiches Gezweig sich in großen Schwüngen der Erde zuneigte, bis in Reichweite der Hände. Das Gemälde hieß: »Mrs. Blickwood und ihr Sohn Charles, Schüler in Eton.« Er wußte, was gegen 1800 in Eton vor sich gegangen war: er hatte die Biographie Shelleys gelesen, den er gleichermaßen verehrte wie Hölderlin; er hatte auch gelesen, was später Swinburne geschrieben hatte. Er war »der, der wußte, was ihn erwartete«: *Kiss and be friends.* Er war Herbert Seyton, er war Walter Lunsford, er war vor allem Reginald Harewood, der in Kirklowes wohnte. War er es, den der König Georg III. im Vorbeireiten fragte, wann die letzte Hoch-Zeit zwischen seiner Person und den Birkenruten des Parks von Eton stattgefunden hatte?
Der Stuhl stand auf den vier Füßen in der heißen Mansarde, mit der Lehne an der Mauer. Eine längliche Öffnung war in der Lehne: hier konnte man den Stuhl nehmen, aufheben, woandershin

tragen. Stuhl, der Stuhl war, überall er selber, Stuhl auch noch unter dem, der ihn besetzte. Erhöbe sich derjenige – »Körper, du Bruder Esel!« –, so war der Stuhl bereit für andere Körper: treuer Gewichtträger, mit den nach außen gestellten Beinen, auf den er nur die frisch gesammelten, entblätterten Zweige gelegt hatte (die Knospen hatte er freilich daran gelassen). Sie waren unsichtbar unter einem Handtuch, und er vollführte dazu fast leichthin die so oft wiederholten Gesten. Er saß hier auch oft und höhlte Äpfel aus, die er sich auf dem Markt gekauft hatte, rote Kanada, die dabei nicht durchbrachen. Jetzt freilich nahm er die kleine Ausgabe der Grimm'schen Märchen aus dem Koffer, mit einem Stich von Ludwig Richter unter dem Titel, und setzte sich auf das Bett. Die Zeichnung war sehr präzise und schien zugleich ganz entrückt; die Personen standen vor einem dunklen Gewitterhimmel, mit dem hellen Schimmer von Häusern oder Wäldern im Hintergrund: in den Schraffuren freigelassene weiße Stellen. Die Silhouetten der Personen waren verstärkt, und diese erschienen nur auf den ersten Blick vertraut und alltäglich. Deutschland! Er schlug das Buch auf, wie es sich ergab; und wie jedesmal enthoben ihn die so einfachen und so geheimnisvollen drei Worte »Es war einmal . . .« in ein Land, in dem er seit je gelebt hatte. Er hörte das Blätterwerk dort rauschen, und er kannte alle Wälder und alle Paläste am Ende der Pfade. »Es war einmal ein König ...«; »Es war einmal ein schöner, armer Jüngling ...«: man war sie beide, der König wie auch der schöne, arme Jüngling, der Unschuldige, und der schuldige Mächtige.

Ein Titel fiel ihm auf, und er las das zugehörige Märchen in einem Zug:

WIE KINDER SCHLACHTENS MITEINANDER GESPIELT HABEN

»In einer Stadt, Franecker genannt, gelegen in Westfriesland, da ist es geschehen, daß junge Kinder, fünf- und sechsjährige, Mägdlein und Knaben, miteinander spielten. Und sie ordneten ein Büblein an, das sollte der Metzger sein, ein anderes Büblein, das sollte der Koch sein, und ein drittes Büblein, das sollte eine Sau sein. Ein Mägdlein, ordneten sie, solle Köchin sein, wieder ein anderes, das solle Unterköchin sein; und die Unterköchin solle in einem Geschirrlein das Blut von der Sau empfahen, daß man Würste könne machen. Der Metzger geriet nun verabredtermaßen an das Büblein, das die Sau sollte sein, riß es nieder und schnitt ihm mit einem Messerlein die Gurgel auf, und die Unterköchin empfing das Blut in ihrem Geschirrlein. Ein Ratsherr, der von ungefähr vorübergeht, sieht dies Elend: er nimmt von Stund an den Metzger mit sich und führt ihn in des Obersten Haus, welcher sogleich den ganzen Rat versammeln ließ. Sie saßen alle über diesem Handel und wußten nicht, was sie mit ihm tun sollten, denn sie sahen wohl, daß es kindlicherweise geschehen war. Einer unter ihnen, ein alter weiser Mann, gab den Rat, der oberste Richter solle einen schönen roten Apfel in die Hand nehmen, in die andere einen rheinischen Gulden, solle das Kind zu sich rufen und beide Hände gleich gegen dasselbe ausstrecken: nehme es den Apfel, so soll' es ledig erkannt werden, nehme es aber den Gulden, so solle man es töten. Dem wird gefolgt, das Kind aber ergreift den Apfel lachend, wird also aller Strafe ledig erkannt.«

Er las das Märchen einige Male. Jede Scham fiel von ihm ab. Auch er hätte den Apfel genommen. Jetzt brach er einen davon mitten durch, so wie man Brot bricht. Er trocknete ihn nicht einmal; schmeckte mit der gekrümmten Zunge jenen unerhörten Geruch des eigenen Körpers. Er drückte die Daumen da hinein, benetzte sich damit das Gesicht. Das Apfelinnere wurde schon braun, aber an den Bruchstellen waren noch helle, saftperlende Ränder. Auch er war also unschuldig.

Wer bewegte sich da auf dem flachen Pfad zwischen den eingerissenen Ziegelmauern, wo das Gras aufwuchs? War er es, der da ging unter der brennenden, stechenden Vorgewittersonne, in einem Gras, unter dem man noch die ehemaligen Bodenkacheln spürte? *War er es gewesen*, der da gehorsam jenes schräg gegen den Balken genagelte Brett aufsuchte, auf die Knie fiel, sein Verbrechen gestand, sich fesseln ließ, in der Stickluft der Baracke, wo dann nichts zu hören war als das Zweigesplittern? War er es, der jeden Gedanken an das verscheuchte, was ihn erwartete, wozu ihn vorhin jene anderen verurteilt hatten, an der Pforte zum Park, wozu sie ihn »eingeladen« hatten? Wer war das, der nur noch Erwartung war, Rausch, sich zu spüren von einem Körperende zum anderen? Wer tat da, als fühlte er nichts, und wurde doch gezweiteilt vom Schmerz? (Violette, harte, wunde Striemen noch lange danach; knirschender Sand und trockener Rand des langsam fließenden Flusses.) Wer war jener junge Mensch, dessen halbentkleideter Körper in der Nähe der kleinen Stadt zwischen dem ehemaligen Sportplatz und den Resten eines Ziegelwerks gefunden worden war, in einem Wasserloch? War seine Hand weggerutscht auf dem schwärzlichen, weichen Abhang und hatte in dem rundstengeligen, dichtaufwachsenden Gras eine Hohlspur gezogen? Der Fall; ein kleines Geräusch im Wasser, schon wieder vorbei.

Französische Literatur in der edition suhrkamp und in den suhrkamp taschenbüchern

Etel Adnan: Sitt Marie-Rose. Eine libanesische Geschichte. Aus dem Französischen von Eva Moldenhauer. st 1551

Alain: Die Pflicht, glücklich zu sein. Aus dem Französischen übertragen und mit einem Nachwort versehen von Albrecht Fabri. st 859

Yann Andréa: M. D. Aus dem Französischen von Renate Hörisch-Helligrath. es 1364

Samuel Beckett: Der Ausgestoßene. L'Expulsé. The Expelled. Deutsche Übertragung von Elmar Tophoven. Mit Illustrationen von Roswitha Quadflieg. st 1006

– Endspiel. Fin de partie. Endgame. Deutsche Übertragung von Elmar Tophoven. Französische Originalfassung. Englische Übertragung von Samuel Beckett. st 171

– Fin de partie. Endspiel. Französisch und deutsch. Deutsch von Elmar Tophoven. es 96

– Flötentöne. Französisch/Deutsch. Aus dem Französischen von Elmar Tophoven und Karl Krolow. es 1098

– Glückliche Tage. Happy Days. Oh les beaux jours. Deutsche Übertragung von Erika und Elmar Tophoven. Englische Originalfassung. Französische Übertragung von Samuel Beckett. st 248

– Das letzte Band. La dernière bande. Krapp's Last Tape. Deutsche Übertragung von Erika und Elmar Tophoven. Englische Originalfassung. Französische Übertragung von Samuel Beckett. Mit Szenenphotos. st 200

– Mal vu mal dit. Schlecht gesehen schlecht gesagt. Französisch/Deutsch. Aus dem Französischen von Elmar Tophoven. es 1119

– Malone stirbt. Roman. Aus dem Französischen von Elmar Tophoven. st 407

– Mercier und Camier. Aus dem Französischen von Elmar Tophoven. st 943

– Molloy. Roman. Deutsch von Erich Franzen. st 229

– Der Namenlose. Roman. Übertragen von Elmar Tophoven, Erika Tophoven und Erich Franzen. st 536

– Warten auf Godot. En attendant Godot. Waiting for Godot. Deutsche Übertragung von Elmar Tophoven. Vorwort von Joachim Kaiser. st 1

– Wie es ist. Deutsch von Elmar Tophoven. st 1262

Samuel Beckett. Herausgegeben von Hartmut Engelhardt. stm. st 2044

109/1/8.88

Französische Literatur in der edition suhrkamp und in den suhrkamp taschenbüchern

Pierre Bertaux: Mutation der Menschheit. Zukunft und Lebenssinn. Mit einem Nachwort zur Taschenbuchausgabe 1979. Aus dem Französischen übertragen vom Verfasser und von Heinz Wissmann. st 555

Edward de Capoulet-Junac: Pallas oder die Heimsuchung. Aus dem Französischen von Willy Thaler. PhB 149. st 1138

E. M. Cioran: Syllogismen der Bitterkeit. (1952). Aus dem Französischen von Kurt Leonhard. st 607

– Die verfehlte Schöpfung. Übersetzt von François Bondy. Das Kapitel »Die neuen Götter« wurde von Elmar Tophoven übersetzt. st 550

– Vom Nachteil, geboren zu sein. Übersetzt von François Bondy. st 549

Marguerite Duras: Eden Cinéma. Aus dem Französischen von Ruth Henry. es 1443

– Ganze Tage in den Bäumen. Erzählung. Deutsch von Elisabeth Schneider. st 1157

– Heiße Küste. Roman. Aus dem Französischen von Georg Goyert. st 1581

– Hiroshima mon amour. Filmnovelle. Deutsch von Walter Maria Guggenheimer. st 112

– La Musica Deuxième. Theaterstück. Aus dem Französischen von Walter Boehlich. es 1408

– Der Lastwagen. Mit einem Gespräch zwischen Marguerite Duras und Michelle Porte. Aus dem Französischen von Jürg Laederach. st 1349

– Die Materie des Lebens. Aus dem Französischen von Ilma Rakusa. es 1508

– Moderato cantabile. Roman. Aus dem Französischen von Leonharda Gescher und W. M. Guggenheimer. st 1178

– Das Pferdchen von Tarquinia. Roman. In der Übersetzung von Walter M. Guggenheimer. st 1269

– Ein ruhiges Leben. Roman. Deutsch von W. M. Guggenheimer. st 1210

– Sommer 1980. Aus dem Französischen von Ilma Rakusa. es 1205

– Vera Baxter oder Die Atlantikstrände. Aus dem Französischen von Andrea Spingler. es 1389

– Die Verzückung der Lol V. Stein. Deutsch von Katharina Zimmer. st 1079

– Der Vize-Konsul. Roman. Deutsch von W. M. Guggenheimer. st 1017

109/2/8.88

Französische Literatur in der edition suhrkamp und in den suhrkamp taschenbüchern

Marguerite Duras/Michelle Porte: Die Orte der Marguerite Duras. Aus dem Französischen von Justus F. Wittkop. es 1080

Marguerite Duras. Herausgegeben von Ilma Rakusa. stm. st 2096

Leonor Fini: Der Traumträger. Erzählung. Aus dem Französischen von Gerhard Weber. st 1450

Gisèle Freund: Drei Tage mit James Joyce. Fotografiert von Gisèle Freund. Mit einem Vorwort von Philippe Sollers. Aus dem Französischen von Franz-Heinrich Hackel. st 929

Lucien Malson: Die wilden Kinder. Aus dem Französischen von Eva Moldenhauer. st 55

Victor Margueritte: Die Aussteigerin. Roman. Aus dem Französischen von Joseph Chapiro. Mit einem Nachwort von Ursula Krienes. st 1616

Guy de Maupassant: Die Totenhand. Und andere phantastische Erzählungen. Herausgegeben von Kalju Kirde. PhB 134. st 1040

Patrick Modiano: Die Gasse der dunklen Läden. Aus dem Französischen von Gerhard Heller. st 1521

– Villa Triste. Roman. Aus dem Französischen von Walter Schürenberg. st 1584

Molière: Drei Stücke. Deutsch von Tankred Dorst. st 486

Robert Pinget: Apokryph. Aus dem Französischen von Gerda Scheffel. es 1139

Marcel Proust: Auf der Suche nach der verlorenen Zeit. 10 Bände in Kassette. suhrkamp taschenbücher. Aus dem Französischen von Eva Rechel-Mertens.

– Erster Teil: In Swanns Welt. st 644

– Zweiter Teil: Im Schatten junger Mädchenblüte. 2 Bde. Deutsch von Eva Rechel-Mertens. st 702

– Dritter Teil: Die Welt der Guermantes. 2 Bde. Deutsch von Eva Rechel-Mertens. st 754

– Vierter Teil: Sodom und Gomorra. 2 Bde. Deutsch von Eva Rechel-Mertens. st 822

– Fünfter Teil: Die Gefangene. Deutsch von Eva Rechel-Mertens. st 886

– Sechster Teil: Die Entflohene. Deutsch von Eva Rechel-Mertens. st 918

– Siebter Teil: Die wiedergefundene Zeit. Deutsch von Eva Rechel-Mertens. st 988

– Briefe zum Leben. 2 Bde. Ausgewählt und aus dem Französischen übersetzt von Uwe Daube. st 464

109/3/8.88

109/4/8.88

Die Französische Revolution im Suhrkamp Verlag und im Insel Verlag

Zwi Batscha: »Despotismus von jeder Art reizt zur Widersetzlichkeit.« Die Französische Revolution in der deutschen Popularphilosophie. stw 759

Pierre Bertaux: Hölderlin und die Französische Revolution. es 344

Die Bilder der Französischen Revolution. Die politische Symbolik der Französischen Revolution in der revolutionären Bildpublizistik. Herausgegeben von Klaus Herding und Rolf Reichardt. Suhrkamp Verlag. Leinen

Jean Baptiste Cléry: Die letzten Monate des Königs. Louis XVI als Gefangener der Französischen Revolution. Übersetzt und herausgegeben von Chris Paschold und Albert Gier. Insel Verlag. Leinen

Deutschland und Frankreich im Zeitalter der Französischen Revolution. Herausgegeben von Helmut Berding, Etienne François und Hans-Peter Ullmann. es 1521

Arlette Farge/Michel Foucault: Familiäre Konflikte: Die »Lettres de cachet«. Übersetzt von Albert Gier und Chris Paschold. es 1520

Die Französische Revolution. Berichte und Deutungen deutscher Schriftsteller und Historiker. Sonderausgabe in vier Bänden. Herausgegeben von Horst Günther. Deutscher Klassiker Verlag. Kartoniert

Geburt der bürgerlichen Gesellschaft: 1789. Beiträge von Ernest Labrousse, Georges Lefebvre, Albert Soboul, Maurice Dommanget, Michelle Vovelle. Herausgegeben von Irmgard A. Hartig. Aus dem Französischen übersetzt von Klaus Voigt. es 937

Goethe und die Französische Revolution. Herausgegeben und erläutert von Karl Otto Conrady. Insel Almanach. Kartoniert

Jacques Guilhaumou: Sprache und Politik in der Französischen Revolution. Aus dem Französischen von Katharina Menke. Mit einem Vorwort von Brigitte Schlieben-Lange und Rolf Reichardt. es 1519

Ernst Hinrichs: Ancien Régime und Revolution. stw 758

Kritisches Wörterbuch der Französischen Revolution. 5 Bde. Herausgegeben von François Furet und Mona Ozouf. es 1522

Jules Michelet: Die Frauen der Revolution. Herausgegeben und übersetzt von Gisela Etzel. Mit zahlreichen Abbildungen. it 726

Honoré-Gabriel Mirabeau: Preußische Monarchie und Französische Revolution. Herausgegeben von Horst Günther. it 1118

Helmut Reinalter: Die Französische Revolution und Mitteleuropa. Erscheinungsformen und Wirkungen des Jakobinismus. Seine Gesellschaftstheorien und politischen Vorstellungen. Mit einem Vorwort von Michel Vovelle. stw 748

106/1/8.88

Die Französische Revolution im Suhrkamp Verlag und im Insel Verlag

Das Revolutionsspiel von 1791. Ein Beispiel für die Medienpolitik und Selbstdarstellung der Französischen Revolution. Neu herausgegeben, erläutert und mit einer Spielanleitung versehen von Rolf Reichardt. Insel Verlag. Kartoniertes Spielfeld mit gebundenem Beiheft

Joachim Ritter: Hegel und die französische Revolution. es 114

Marquis de Sade: Schriften aus der Revolutionszeit. 1788-1795 Herausgegeben von Georg Rudolf Lind. it 1117

Friedrich Schulz: Geschichte der großen Revolution in Frankreich. Herausgegeben von Gerard Kozielek. it 1116

Albert Soboul: Französische Revolution und Volksbewegung: die Sansculotten. Die Sektionen von Paris im Jahre II. Bearbeitet und herausgegeben von Walter Markov. Die Übersetzung aus dem Französischen besorgte Claus Werner. es 960

Ulrich Höllriegel. Kurzweilige und lehrreiche Geschichte eines Wirttembergischen Magisters ... von 1802. Herausgegeben von Johannes Weber. Insel Verlag. Leinen

Voltaire: Über den König von Preußen. Memoiren. Herausgegeben und übersetzt von Anneliese Botond. IB 892

106/2/8.88